密语 Mi Yu

时代出版传媒股份有限公司
安 徽 文 艺 出 版 社

【作者介绍】

徐小斌，著名作家、国家一级编剧。代表作有《羽蛇》《敦煌遗梦》《德龄公主》《双鱼星座》等。曾获全国首届鲁迅文学奖、全国首届女性文学奖、第八届全国图书奖、加拿大第二届国际大雅风华语文学奖小说奖首奖等重要奖项。作品由美国国会图书馆收藏并入选“亚洲著名女作家”，有部分作品译成十余国文字在海外发行。

自幼习画，师承名师。曾在中央美院画廊举办过个人刻纸艺术展，并多次参加各类重要画展，出版美术作品集《华丽的沉默与孤寂的饶舌》。在文学、影视、美术三界均有建树。

当代名家精品珍藏
Dangdai Mingjia Jingpin Zhencang

密语

Mi Yu

徐小斌 / 著

ARTTIME 时代出版
时代出版传媒股份有限公司
安徽文艺出版社

图书在版编目(CIP)数据

密语/徐小斌著. —合肥:安徽文艺出版社,2015.10
(当代名家精品珍藏)
ISBN 978-7-5396-5507-9

Ⅰ. ①密… Ⅱ. ①徐… Ⅲ. ①散文集-中国-当代 Ⅳ. ①I267

中国版本图书馆 CIP 数据核字(2015)第 198189 号

出 版 人:朱寒冬
丛书策划统筹:朱寒冬 岑 杰　　特约组稿:上海之冠文化
责任编辑:岑 杰　　装帧设计:丁 明

出版发行:时代出版传媒股份有限公司 www.press-mart.com
安徽文艺出版社 www.awpub.com
地　　址:合肥市翡翠路 1118 号 邮政编码:230071
营 销 部:(0551) 63533889
印　　制:安徽新华印刷股份有限公司 (0551)65859551

开本:880×1230 1/32 印张:7.25 字数:160 千字
版次:2015 年 10 月第 1 版 2015 年 10 月第 1 次印刷
定价:38.00 元(精装)

目　　录

第二辑　脸之书

第三辑　嘉年华

自序

我执与无执

现在已经鲜有人知出生于1930年的美国女画家简·狄妃奥(Jay Defeo)。她曾经集美丽、富有、才华于一身,却在29岁那年,自我封闭,画一幅《死亡玫瑰》,画了整整十一年,画得爱人离异,朋友分手,其间曾获顶级策展人之邀参加万人期待的重要画展,她却以作品尚未完成而拒绝;十一年后作品完成,上面的颜料堆积重三千多磅,合一吨多重,由八个装卸工破窗而入,把这幅与其叫绘画不如叫雕塑的巨幅作品搬出(后此举被一些画评家譬喻为阴道切开术),而这时,巴洛克时代已经变成了POP(流行)时代,此画成为摆在旧金山艺术教室中长期被泼洒咖啡、按熄烟头的废品,而那些由艺术家堆积的过于厚重的颜料,也随着时间一块块崩塌。对此,狄妃奥只是淡淡地说:“人类会消亡,艺术也会消亡。”

解释“我执”与“无执”这两个概念,恐怕不会有比狄妃奥的故事更有说服力的了。所以在做客凤凰卫视《名人面对面》时,当许戈辉说道“你写得这么好,可是很少有人知道你”时,我对她讲了这个故事。我虽不美,亦无财富,但是在“我执”与“无执”这一点上,与这位女画家很是相通，甚至，比她更为极端。在文字上，我会对自己非常严苛，每一部小说都是自我折磨充满疼痛的产品，我会深度迷恋，忘记身处的世界，可谓“我执”；然而作品完成后，我精心建构的隐喻世界常常被忽略，很难被识破，但我并不甚关心大众的接受度与评价，更无意去争锋邀宠——可谓“无执”。佛说：“娑婆无执。”

90年代，当《死亡玫瑰》已经囿积二十年之久，画家亦早已故去，纽约的一家著名美术馆终于以高价购买了这幅画——重量、规模、低彩度、向心形式，这一切成为画界独一无二的概念，只有站立在画作面前，当阳光掠过，才能深感此画的神秘动人之美。艺术比生命更长久。最奇异的是狄妃奥生前做过一个异梦：她梦见自己死后转世投胎成为另一个人，她漫步在一座美术馆，看到那里正在展出她的《死亡玫瑰》，一个人，正站在那里久久凝视着她的画作，她走过去，轻轻地对那人说：“你知道吗？这是我的画。”

第一辑　漫咖啡

80 年代琐忆

2005 年 4 月的一个夜晚，我从家里返回人民医院（其时我正在人民医院住院），走到马路中央的那一刹那，我分明看见一辆车疾驰而来，然后是锯齿划破玻璃一般难听的紧急刹车声，同时看见投射在马路中央的一团惨白的月光，月光中间一小团黑黑的东西，正是我扎头发用的绒绳——然而等我再过去捡绒绳的时候，车、月光和绒绳都不见了，好像从来就不曾有过，摸摸头发，绒绳真的没了——这是怎么了？是幻觉，还是我疯了?! 就那么披头散发地走进病房，护士们吓坏了，我知道她们在我眼里读到的是——恐惧。

那几年，我觉得自己被一种巨大的恐惧压倒了。有一天我对一个关心我的朋友说：我总是莫名其妙地害怕。她立即追问：你怕什么？是啊，怕什么？假如能说出怕什么，那么便是不应怕的了，没有怕的对象，没有恐惧的对象——也许，我是在怕这个世界——这个世界不知从何时起已经失去了灵魂——到处是谎言，到处是陷阱。有好久了，我害怕外面的世界，闭门不出。

自由的灵魂都是纵横捭阖、飞扬游弋的。按照藏传佛教的说法，灵魂被称为"银带"，当人们入睡的时候，"银带"是游离于人体之外的，它的遭际便形成了梦。所以，梦和现实隔得并不远，也许只隔着一扇窗，可对于有些人来说，这扇窗是一辈子也打不开的，而且他们还要诬蔑那些可以看见窗外风景的人是在说谎。

我始终认为世上的人大抵分为两种：有灵魂的和没有灵魂的。有灵魂的人就有痛苦，而没有灵魂的人，既无前生又无来世，是一群注定在今生一次性消费的人，这样的人群其实十分可怕。他们混迹于茫茫人海之中，无信仰，无道德底线，更无自省精神，他们有的只是永不满足的欲望，和能够实现这些欲望的手段。他们混淆了视听，对于人类的精神世界极端蔑视任意践踏，对于世间的物质巧取豪夺贪婪索取，如果这样的人再攫取了作家的头衔，那便是大不幸了。但更不幸的是，这个时代恰恰提供了滋生和繁殖这种人的肥沃土壤。

最近西蒙 & 舒斯特出版公司来信问，《羽蛇》的卷首语"世界失去了它的灵魂，我失去了我的性"，究竟应当如何解释。我说，我的意思是这个世界早已堕落成一个物质世界，而失去了它的精神世界，也就是灵魂。而这个"我"，其实是一个大我，也可以说是有良知的中国知识分子，更确切地说是中国优秀的知识女性，实际上长期受着难以忍受的戕害（也许已经麻木了）——这戕害或许来自整个男权世界——作为中国女性的最本质的"性"，早已迷失了。

20 世纪 80 年代的第一个春天，我开始发表小说。当年得了首届《十月》文学奖。现在反省，实在应当感谢那个时代，换了今天，别说是获奖，像我这等犟头倔脑一意孤行笨嘴拙舌完全不懂得讨人喜欢之人，恐怕就是发表也很难吧——文学不知从何时变了味儿——我不想随便用"低俗"这个词，我只想说，是一些人利用了另一些人的人性弱点，把文学变得不那么纯粹了，或者干脆变成了通向仕途的敲门砖。文学再不是 80 年代那个刚刚开启的神圣殿堂了，在这座华丽的殿堂的后厨里，有人做了手脚，在美酒佳肴里下了蒙汗药。在貌似狂欢的飨宴中，大家都来赶着分一杯羹，以致本来清醒的人也醉倒了。

80 年代我的经历充满了戏剧性，其中之一便是与《收获》的相遇。1983 年我写了生平第一个中篇《河两岸是生命之树》，在宗璞的鼓励下，作为自然来稿寄去，竟然在一周之内就得到了请我去上海改稿的电报。最有趣的是当时漂亮率直的郭卓老师手持《收获》为接头暗号在车站接我，上了编辑部的木楼梯她就边走边喊："接来了，是女的！"——后来她告诉我因为我的名字使编辑部产生了歧义。后来就是小林老师把我约到武康路她家里谈小说。当时小林老师如同我幻想中的吕碧城一般清高卓绝，却又诚恳谦和——她对小说人物关系的分析深深打动了我——一个无名作者竟得到如此认真的对待，固执如我，也不能不彻底折服。那一天的大事是见到了巴老。当时巴老从一个房间慢慢走向另一个房间，我目不转睛地看着他和蔼的笑容，尽管内心充满崇仰，却说不出一句话来，甚至连一句平常的问候也说不出来——不知为什么那时我觉得凡心里的话表达出来就会变味儿——尽管那一年我已年届三十，但心理年龄上却缺乏一个成长期，人情世故方面基本为零，甚至负数。

曾经说过"80 年代是个文学狂欢的年代"，现在看来并不准确。中国文学其实就根本没有过所谓"狂欢"。确切地说，80 年代应当是个"以文会友"的年代。有许多人相识于 80 年代，也包括一些作家，譬如艾青、宗璞、林斤澜、张承志、史铁生、刘恒、王安忆、王朔、苏童、扎西达娃、李陀、多多、路东之……至今，仍对他们保持内心的尊敬与喜欢。有一件趣事不可不说：当年看到《十月》所发一篇《晚霞消失的时候》，非常喜欢，想认识作者，当时的好友崔之元（据说如今已经是所谓新左派的领军人物了）立即说，此事包在他身上。

崔之元是我和邻居"发小"钱玲共同的朋友。还在上海复旦大学念书的时候，他就曾经受朋友之托，给钱铃带了一本书到北京来，那本书是台湾学者孙隆基写的，题目叫作《中国文化的深层结构》，我看过之后深受震撼。小崔直言不讳地对我的小说提意见："小斌姐的小说缺一种东西。"第二天他就拿来一篇小说，说是朋友写的，钱玲抢着先看，没看几行就红了脸。我仔细通读了一遍，写的是一个女人，如何为了养家去跳脱衣舞，通篇全是性描写——于是我们就怀疑其实是他所为，两人你一言我一语地把他给批了一通。他红着脸申辩："是朋友写的，和我一点关系也没有。不过，我倒觉得他写得很真实，像小斌姐写的那种东西太素了，简直就是全素斋，不真实。"

后来，小崔假期的时候几乎天天来玩，每次都侃得昏天黑地。所以我一说想认识那位署名"礼平"的作者，小崔立即就有了行动。他连夜赶写了一篇评论给《十月》编辑部寄过去，请他们转给作者。没想到，等到第七天的时候，"礼平"真的回了一封信，邀请我们去他家里玩。他的真名叫刘辉宣，是当年北京男四中一派红卫兵的领袖。

那是个部队大院，显然刘辉宣的父亲是这里的首长。当时他站在门口接我们，就着月光看去，我发现他与我的想象完全不同，而且，和我认识的一些当年中学运动的领袖人物也完全不同，连说话的方式也不同——这让我多少有点失望。他家的院子很大，院中央有桌凳，月光下，一个女子坐在凳上梳头。显然，她的头发是刚刚洗过的，肩上披着大围巾，月光下她的笑容非常婉约，刘辉宣向我们介绍说这是他爱人。我半开玩笑说，那一定就是小说里的南姗了——他笑嘻嘻的，不置可否。那天聊了许多，却唯独没有聊文学。

崔之元，清华大学公共管理学院教授，博士生导师，1995 年获美国芝加哥大学政治学博士学位，曾任教于美国麻省理工学院政治学系，并于德国柏林高等研究中心、哈佛大学法学院从事研究。2007、2008 年春季学期任美国康奈尔大学法学院杰出访问讲座教授。

"走向未来"丛书、"尤利西斯与海妖"、"控制论与社会"、"希腊城邦制度"……玛尔库塞、顾准、吉布斯、维纳、马克斯·韦伯、海德格尔……这些名字，都是第一次从他嘴里听说的。

还有一个人也说过我那时的小说是"全素斋"——她就是现在大名鼎鼎的白灵。

1987 年第一次触电，导演是导《一个和八个》的张军钊。张和想象中的差不多，也像当时风行的导演那样留着满嘴的络腮胡子，一双很有表现力的大眼睛。谈得似乎很投机，他说看了《对一个精神病患者的调查》，觉得很好，当然也有一点意见，需要好好磨合云云。

过了几天，他请我吃饭。刚刚上好了菜，像是掐准了点似的，一个年轻女孩风一般地飘了进来。那时候我还真没见过几个演员，所以看见那个女孩就觉得挺不错，我记得当时她穿一身豆沙紫的裙子，蓦然看去似乎清纯，细细端详却颇有几分妖冶。见了我，她堆下一脸的笑，拉了我的手摇了又摇，像是老熟人似的。然后她开始大夸我的小说，最后她说，如果说有一点意见，就是小说"太素了"（连用词都和小崔一样），一部好的小说，应当有性描写。我记得我当时的回答好像是之所以没有那方面的描写，是因为觉得这部小说里面似乎不需要。她的声音有些粗哑，和那张脸配着不大协调。

最初的时候我很是接受了她。她能说会道讨人喜欢，能说会

道讨人喜欢在任何时代任何社会都吃香。何况她还不仅仅是能说会道,她待人处事恰到好处,她会反着夸人,就如那个笑话里讲的那样,某老太寿诞会上某人写道:老太太不是人,这一句话把大家吓得魂飞魄散,可那人立即笔锋一转写道:老太太是神,如何如何。这样高精尖、难度极大的夸人方法恐怕不是所有人都能学得会的。

但是白灵绝对具备这种才能。而且我后来才知道,她还有一招撒手锏。现在想起来,白灵绝对是开放的急先锋,在 80 年代后期,她已经完全能把性和情这两种质地不同的东西分开了,这对于一个女人来说,真的挺了不起。

时隔不久张导就打来电话,请我帮着推荐女主角:“你记忆当中有谁演你的女一号比较合适,想想,或者,见过的,气质上比较接近的,你都可以推荐……”最后张导急了:“哪怕最近见过的也行!”张导遇上我也算他倒霉。他绕来绕去的,偏我根本没听懂他的话,我心思是直的,特别是那时候,根本不理解别人的话外音、潜台词。于是我就挖空心思地想,谁呢?谁演合适呢?

一道光亮突然升起,之前,根据王蒙小说改编的《青春万岁》的电影,里面有个贫穷的信教的女孩,长着一双雾蒙蒙的眼睛,那个女孩……好像很合适!我这样说了,张导却在电话那边不吭气。可笑的是我完全不懂对方沉默背后的含意,一个人开始喋喋不休:“那个女孩的眼睛很特别,你注意了吗?虽然她穿得破破烂烂,可那气质,就像个落难公主似的,你不觉得吗?”我说了又说,直到无话可说,这才察觉到,电话那边,竟然一直沉默。

《弧光》正式建组了,女一号是白灵。至此,我才算明白张导的苦心。但是我再次露出傻气,我说白灵和我想象中的景焕绝对不是一回事啊,我就这么跟副导演说了,末了儿还说了一句:“要么请她演女三号吧。”于是剧组主创人员再次相聚的时候,白灵一反过去那种无比亲热的劲儿，冷着脸不理我了。

张导倒是一如既往，对我很客气。且给我开了当时最高的编剧稿费：四千人民币。扣掉三百的税，剩下三千七百块钱，给儿子买了一架星海钢琴。之后不久遇见刘恒，当时他正在给张艺谋改编《菊豆》，问及我的稿费之后他说，嗯，不错，我也得跟老谋子要这个价。

《弧光》当时是作为实验电影公映的，有国内与海外的两套版本，海外版有当时创纪录的一分三十秒做爱镜头，还得了莫斯科电影节的一个奖。然而我在看粗剪片之后却发呆失语——这是我写的那个《弧光》吗？N年后我才明白，明智如阿城者，才是正确对待原作与成片的典范——陈凯歌请阿城看《孩子王》，阿城说："我拉的屎我就不看了。"

倒是白灵，因《弧光》而获得了一个出国学习的机会，这一出去就没回来，连1961年的生日也变成1968年了。先是风闻她与理查德·基尔合拍了一部"反共"电影，后来又在网上看到她如今妖冶"性感"的照片，直到前不久网上疯炒她偷东西的新闻——她辩解说，是由于失恋走了神儿——这点我相信，我相信她真的是爱那个男人——在有了无数阅历后还能有真爱，仅这一点就很了不起了，比起现在戴着各种光怪陆离的面具玩一夜情的正人君子们，白灵起码是个"真人"。

值得记忆的还有80年代的北大——自从阴差阳错地上了中央财经学院，我就成了个不安分的学生，几乎是入学伊始，就与班上两名男生往北大跑，一周至少两三次——听各种讲座——那时，改革开放的大门刚刚向我们打开一道门缝，所以门外的景色也就格外鲜艳夺目。印象最深的是金开诚的文艺心理学和袁行霈的诗

歌讲座。至今仍记得袁教授的教诲：诗歌，应当是经历“从拙入工”和“从工返拙”两次飞跃。从工返拙的“拙”与最初的“拙”完全不是一回事，那是经过沧桑之后的返璞归真，是经历了一次否定之否定后的上升。

北大形形色色的讲座听得我们如醉如痴，而自己的专业倒成了临时抱佛脚的对象，往往是临考前才恶补一段，结果倒也不坏——每次的分数都骗过了老师，误以为我是一名好学生。

我们三人骑着破车上北大几乎成了当时的财院一景儿。这一景儿的高潮是 1980 年的北大竞选——那一座办公大楼门口排满了密密麻麻的自行车。记得有一天，我们刚挤进会场就听见突然爆发的一阵掌声：“……要纯正必须无知，要正确必须愚昧，要坚定必须痴呆，这与真正的马克思主义绝无共同之处！不错，世界上总有些懒得思考，宁愿把个人信仰的选择交给别人的人。这种人，生在中国便自称信仰毛泽东思想，生在苏联则拥护勃列日涅夫主义，若生在印度，会是个佛教徒，如果生在利比亚，那一定是个穆斯林！”

一片笑声。黑压压的人挤满了舞台上下、过道走廊，每一个窗台每一个暖气架上都站满了人。

提问开始了：“请问，你了解人民吗？你知道他们在想什么吗?！他们需要的不是言论自由思想解放，是加工资，是就业，是住房！你只能代表你自己！我们需要的是实干不是清谈，你对我校学生的切身利益只字不提，我们凭什么选你做我们的代表?!”

演讲者回答：“第一个问题，你的口气是断言我不了解人民，这种逻辑我们并不陌生。如果我说，我本身就是人民的一员，你就会说，但是人民是有阶级性的；如果我说我本人就做过工人，你又会说工农也有先进与落后之分。总之，因为你断言我不了解人民，我就怎么也代表不了人民，而你，却天然就是人民的化身，对吗？（笑声）第二，我们需要的是实干而不是空谈。好吧，让我们来看看人民代表究竟是干什么的！我们的工人要会做工，医生要会看病，法官要能判案。人民代表大会首先是个立法机构，人民代表首先是为人民说话的代表，所以，在这个意义上，人民代表的第一个职能就是要'空谈'！（笑声，掌声）当然，还要有敢说真话的政治品质、坚实的理论素养、良好的工作作风和能力等等。举例来说，雷锋是个很好的人，但是如果选他当总司令，就意味着说：政治并不是一门科学，而仅仅是一种荣誉！（掌声）再有，当年马寅初先生在人代会上提出对人口的限制，几乎所有代表都反对，于是'错批一人，误增三亿'，难道那些代表都是坏人吗？不，他们都是好人！而我最担心的就是这种议会：所有的代表都是由不折不扣的好人组成的，但是他们对于政治一窍不通！！"

掌声响彻了大厅，演讲人下面这句话完全是喊出来的："还有——我认为，我刚才所说的，是包括我们全体同学在内的主体中国青年和中国人民的最大利益！"

以上的话语，是在典型的80年代的氛围中产生出来的语言。

后来我认识了那个演讲的学生——他其实是个地道的理想主义者，根本不适合搞政治。多少年之后，他依然记得我当时对他的评价："理想主义的最后一颗棺材钉。"——私下里想，这个评价，其实也适合我自己。

时代的变化太大了，以至于我们现在想起80年代的种种，常常多少感到不可思议。有朋友说我"是个拒绝与时俱进的人"，我觉得他说对了一半。有段时间，我甚至想好好地"享受"一下生活，天天和一帮70后、80后的小孩泡酒吧，聊天，听爵士和摇滚，吃各种乱七八糟的东西，从阿玛尼、范思哲、香奈尔一直逛到粉红玛丽、朗姿莱茵、华伦天奴……但这样的生活还没到两个星期，我就对自己深恶痛绝了——匈牙利的获诺奖作家凯尔泰斯先生说得好："物质的集中营甚至比纳粹的集中营更可怕。"——他想必是经历过的。

我依然回到自己的惯性中。去体验写作中"销魂的酷刑，极乐的苦痛，痛苦和快乐都是难以形容"（海涅诗）——这大概是我的命，人是抗不过命的。

还是用我最近刚刚完成的一部长篇小说的结尾作为这篇小文的结尾吧：

> 在一个无边无垠的背景下，人都是渺小的、无奈的、苟且的、变形的、变态的、痛苦的、压抑的、抑郁的、非正常的、无法选择的、无可如何的、莫衷一是的、随波逐流的、背叛自己的、变成非我的、藏污纳垢的，无论是她，商娣姐妹，还是王练。甚至是华铮。她想。这么想着的时候，她看见镜子里那个被生活折磨得百孔千疮的女人，竟然又恢复了一丝生机，从她红肿的眼睛里，竟然透出一丝光来，那光越来越亮，照亮了整个屋宇，那光晶莹通透，恰似一块没有雕琢没有加工的巨大水晶，洞穿了整个黑暗的天空。

可惜，这部小说，目前还不会发表。大概要等很久很久，多少年，我也不知道——但愿那时候，我们这个世界又重新注入了灵魂，而我们，也终于在多年迷失之后，重新找到了我们的本性。

母亲已乘黄鹤去

2006年12月1日,入冬以来最寒冷的一个日子,母亲走了。

正在做晚饭的时候,电话铃突然响起,侄儿轩轩的声音传来:“三姨,姥姥不行了!”我的心剧烈地抖了一下,因为前几天似乎就有强烈的预感。“抢救啊! 赶快抢救!!”“已经叫了120,正在抢救!”我急如星火,竟然忘了穿毛衣,披了件大衣就冲到夜晚的寒风里。

在寒风里抖了七八分钟,竟然打不到一辆车! 坐地铁! 刚刚走进地铁站口,手机又响了:“三姨,你直接去积水潭吧!”“什么? 这么冷的天还要把老人折腾到积水潭? 把大夫请到家来抢救,告诉他们我们愿意出双倍的钱!”“……三姨,不是的,姥姥……已经走了,抢救无效,已经宣布死亡了……”我的双腿一下子奇怪地软了,走路就像在水上漂,我机械地走进地铁车厢,听见轩轩在说:“三姨,你直接到积水潭后面的太平间吧,等着你来挑寿衣呢!”

然后,就再也听不见了。

1

第一眼看到的是母亲的手。母亲的手,曾经那么丰腴、漂亮、秀气的手,现在干瘪得挤不出一滴汁水,是那种干裂的土地的颜色。母亲的脸是灰白的,大张着嘴,似乎还想向上天要一口气,只要有这一口气,母亲还能活,可是上天就是这么吝啬,他再不肯把这一口气给这个耄耋之年的老人了。

母亲的身上，依然盖着那条家常的旧被子；身上穿的，依然是那件旧毛衣。不知给她买的那些新衣裳、新被子上哪去了，还是因为她舍不得穿，舍不得盖？

我的眼泪再也忍不住了，大约是憋得太久，已经滚烫，那样滚烫的泪一滴一滴落下来，好像能够熔化金属，但实际上无比寒冷——在太平间里化成一股白色的水汽，令人寒冷彻骨。

我什么都不懂，1982 年父亲去世的时候我还太年轻，一切都是姐姐说了算，可现在一个姐姐在外地，一个姐姐在美国，弟弟全家和侄儿轩轩，四双眼睛都在看着我。

我说：寿衣当然要最贵的、最好的。

太平间的师傅立即把最贵的拿出来，是紫红绣凤的，凤凰是机绣的，做工粗糙，土得掉渣，否定。

然后又把各种寿衣统统拿出来：选定了一套紫色绣“卍”字花的，师傅说，老人西行应当铺金盖银，一看，果然垫的是金色，盖的是银色，就点头要了。穿了一半，轩轩突然跑进来说不行，他说姥姥高寿应是喜丧，按规矩要穿大红的衣裤，并告诉我医院附近有卖寿衣的，可选择的很多。

挑寿衣挑到手软。终于挑到一种真正的大红，手工绣花，福寿字，缎面，金丝绣的垫子，上下有荷花寿字如意，紫红绣梅兰竹菊缎鞋，最满意的是我把那条盖被换成了一条银色绣古画的，上面还绣着“驾鹤西行”四字草书，雅致且古色古香。

母亲的脸经过淡妆和修整，变成了生前的模样。

2

我是最不受母亲待见的一个孩子。这大概是因为我虽然外表温顺，但其实又倔又拧又叛逆。很小的时候便初露端倪。譬如有一个下雪天，和姐姐们一起到外面玩，把新棉袄全都弄湿了，母亲说该打，就让我们三人伸出手，由父亲用尺子打。大姐二姐还没挨上就哇哇哭了，求饶。我却被尺子打到手肿还坚持着："就出去玩！就出去玩！"含泪咬牙不哭出声——会哭的孩子有奶吃，可惜这句老话我在很大了才知道，那时我早已改不过来了，于是这辈子也就只有吃亏。

小时候我只上过几天幼儿园。阿姨说，走，我们看小鸭子去！我们就排着队走过院里（现在的北方交大，那时叫北京铁道学院）那条石子马路，那条路可以路过我的家，我远远就看见了母亲在门口晾衣裳。门口有两根晾衣竿，形状有些像单杠，中间系四根铁丝，这两排房的衣裳就都晾在这儿。对我们来说晾衣竿还有一重功效，就是当作单杠悠来悠去，比谁悠得高，比谁做的花样多。

那一天，我毫不犹豫地向母亲跑去。尽管阿姨说，不上幼儿园的都算野孩子，我却是宁肯做野孩子也不上幼儿园了。这大概是我的第一次叛逆行为吧，当时我三岁。

五岁之后，我的生活似乎一下子堕入了阿鼻地狱。这原因当然是因为弟弟的出生。弟弟是当时父母两系唯一的男孩，在父系，伯父没有孩子，叔叔还没结婚，当然弟弟是徐家第一个男孩；而在母系的说法就更多了，姥姥原来有个唯一的儿子，就是我们的舅舅，死于战乱，姥姥家虽然是大家族，但是她亲生的孩子只剩了母亲一个。姥姥与母亲的重男轻女世所罕见。有了弟弟，我就被她们抛弃了，并且抛弃得如此彻底。这对于一个敏感的女孩来说，真的就是地狱，何况，在弟弟出生之前，我是被宠爱得太过分了一点，按照母亲的话来说，就是"要星星不敢给月亮"。

十一二岁的时候，我曾经在大学生练习射击的时候跑到打靶场，希望有一颗流弹飞来结束我的生命。我幻想着母亲会为我的死流泪，于是我终于得到了自己生时无法得到的爱，每每想到此时，自己就被自己幻想的场景感动得热泪盈眶。

也屡屡想向母亲证明自己：学习好，门门功课都是五分，得各种各样的奖，少先队大队长，优秀少先队员……这一切在母亲看来，统统是零。有一次学校朗读比赛，我朗诵的是《金色的马鞭》，得了第一名，回来把奖状拿给母亲看，母亲不屑一顾，只叫我快去清扫炉灰——那时，家家都在烧煤球炉子。

伯父有一回去苏联回来，带回了三件布拉吉。一件白底子青果领，有极鲜艳的绿叶红花，是樱桃那么大小的花，在那时的我看来，真是漂亮极了。这件最大，给了大姐。一件是乳白色的，亚麻布，领子和袖口都镶了蓝白格的大荷叶边，很洋气的，给了二姐。我的那件是白色泡泡纱的，在胸口镶了一圈鲜红的缎带，插进镂空的花朵里，丝线挖嵌。照妈的眼光来看，这件是最好的。可是没过几天，吃晚饭的时候，弟弟就偏偏打翻了酱油碟，我的新衣裳就染了一块斑。我哭啊哭啊，知道新衣裳是不能再复原的了，可我想要母亲说一句话，说一句公允或者同情的话，这句话没有等来，等来的是一顿老拳，孩子的心就那么容易被伤害。我其实一直都在做一件事：证明给母亲看。但最终我失败了。终于明白了我要的是不可能得到的，连上帝都不可能公平。

我的童年，就像那件泡泡纱的裙子，在红白相间的美丽上面，染了一块斑。

3

但依然要感谢母亲。她是我最早的启蒙老师，因为她，我学会了画画、唱歌、绣花、织毛衣、钩网袋、编杯子套……有一回她翻箱子，翻出年轻时候描的花样儿，竟厚厚的有一沓，大多是花草，也有怪怪的，譬如有一幅样子，是一朵半开的花，花心里有一张美人的脸，是侧面，有长长的睫毛，我看了喜欢，就学着绣。母亲有满满一匣丝线，大概有十几种颜色，好看得不得了。尤其是茜红色和淡青色两种，简直柔和得像梦，后来竟再没见到那样的颜色。母亲给我一小块白色亚麻布，我小心翼翼地拓下花样儿，用绣花绷子绷了，用了一下午的时间绣好，花瓣用了水红，叶子用了苹果绿，美人的嘴一点鲜红，自以为好看得很，谁知姥姥拿出她年轻时绣的茶杯垫，把我和母亲都看傻了。一件宝蓝缎底上绣金钱花，一件淡青缎底上绣荷花莲藕，都是极尽精美。宝蓝色那件，花的轮廓都用金线嵌边，铁划金钩，很像国外教堂那种洛可可式的彩绘玻璃；淡青色的则以银色线为主调，藕是玉白的。两件都绲了边，是圆的“线香绲”，又叫“灯果边”。精细到一朵花看不出丝线的缝隙，只当是又凸起一层缎子似的。后来我把这两件东西缝在一起，做了一个圆形的小钱包，里面放了几件小手饰，宝贝得什么似的，现在还收在箱子里，装着出嫁时母亲给的镯子。

还有玻璃丝。那时的小女孩谁不攒上几大包，各种各色的。本是用来扎小辫儿的，当时女孩以长辫为美。黑黑亮亮扎上两根大辫儿，走起路来，风摆荷叶似的一飘一坠，再配上或鲜红或碧绿或天蓝或杏黄的玻璃丝，煞是好看。后来到了60年代中后期，也就是“文革”时期，女孩剪了革命头，玻璃丝用不着了，于是就用来编东西。在那个许多人吐血的年代，我们这些小女孩儿却常常闲得无聊，由无聊而创造，且有公平竞争：每人手里都拿着一把玻璃丝，或编钱包，或编杯套，倒也自得其乐。我不断花样翻新：金鱼、热带鱼、小鸟、蝈蝈、白鹅、葫芦、桃花、梅花……我还在这些作品的基础上创作出蜻蜓、青蛙、小兔吃萝卜等等。

然而母亲只让我编杯子套，然后她拿去送人。我还接了织网兜的活，织一只网兜七分钱，她守着我，让我不断地织，终于有一天我爆发了："你老让我干活，我是你的包身工吗?！你干吗不让弟弟干啊?！"——那时我刚刚读了姐姐课本上的课文《包身工》。母亲又惊又怒，我们大吵起来，几天都不说话。

晚上睡不着的时候我悄悄流泪，说什么也不明白，为什么我怎么做也得不到母亲的欢心，而弟弟，一天到晚可以什么都不做，却可以吃好的，穿好的。我暗下决心，一长大就离开这个家，跑得远远的，永远也不回来。

4

这一天终于来了。

正当十六岁的"花季"，我去了黑龙江。

从照片中我看到自己当年的"尊容"：松松垮垮的一身蓝制服，短辫子，白边"懒汉鞋"，当然，胸前还有一枚像章。瘦弱，苍白。没有任何"花季"的意象。连"花骨朵儿"也算不上。

自认为是上山下乡成全了我远离家庭的梦想，所以，刚刚宣布了去兵团的名单，我便匆匆去销了户口，回来后才告诉家里人。父亲听后陡然色变，当天晚上他长吁短叹了一夜，彻夜未眠。我只是悄悄告诫自己，无论在任何情况下都不要动摇，那时我常常看《前夜》《牛虻》《怎么办》一类的书，对十二月党人一类的人充满崇敬，讨厌英雄气短、儿女情长。可惜的是，我骨子里实际上却是个儿女情长的人。

离京那天的场面很壮观，值得载入史册。北京站红旗飘扬，大红语录牌上俨然写着:“知识青年到农村去,接受贫下中农的再教育,很有必要。”车站上人山人海,比肩继踵,当高音喇叭里传出“知识青年同志们,你们就要离开伟大祖国的首都北京了。伟大领袖毛主席教导我们:广阔天地,大有作为,希望你们在屯垦戍边的战斗中,为人民立新功”的时候,车上车下哭成一片,颇有生离死别之感。

因为有戴红箍的工作人员阻拦,家长们被围在列车的白线之外。这就更加重了悲壮感,真是“哭声直上云霄”。我始终没哭。整个列车上只有我和一个绰号“老齐头”的女孩没哭。父母遥远地向我招着手。母亲哭喊着:“快看看你的钢笔是不是忘带了?!”这时火车已经鸣笛,我忽然发现人丛中有卖冰棍的,于是示意父亲帮我买根冰棍儿,父亲买了整整一盒,请戴红箍的人转交。火车开动了,我捧着那盒冰棍儿,清清楚楚地看到父母的眼泪,这才感到一阵椎心之痛。过了天津,大家已经摆脱悲痛开始玩敲三家儿,我却忽然意识到这一去就是三千六百里之外,想回家可不那么容易了。想到这个,自己跑到卫生间里,号啕大哭。到了傍晚便开始呕吐,两天一夜的火车我吐了一天一夜,眼前不断出现父母含泪挥手的一幕,火车则以震耳欲聋的单调音响向北疾驰,渐渐地,刺骨的严寒笼罩了我的整个身心。

在东北,我不断地生病,却咬牙不告诉家里。当时我们是挣工资的,每月三百二十大毛,我每月除了饭费七元零花五元之外,全部寄给家里。那时的每月二十元对家里来说是一笔不小的收入啊!我这么做原因只有一个:还债。——因为每每和母亲吵嘴,她总是说“养你这么大”云云,我就总是犟头倔脑地赌气回答:“我欠你的,我会还!”

那时我完全不懂得:“谁言寸草心,报得三春晖。”

再见到父母已经是两年之后，我第一次有了探亲假。母亲穿上我为她织的一件毛背心，就再也不脱了——那是我下工之后为她织的，紫红和雪青两色线的玉蜀米花样，并不怎么好。几年之后，却仍见她穿着，心里便隐隐有点心酸，早把过去跟母亲之间的恩怨，抛到了很远很远。

5

对于我画画，母亲是始终支持的。

三四岁的时候，是母亲用石笔在洋灰地上画了个娃娃头，让我照着画，我从此就与绘画结了缘。姐姐们也爱画，三个女孩比赛似的，画得满地都是，还编着故事，那就是最早的连环画吧？再大些，上学了，就照着当时的月份牌画了一个《鹦鹉姑娘》。50 年代出的那些月份牌，凡画着女人头像的，似乎与 30 年代上海滩的没什么不同。也是一律的柳叶眉、丹凤眼、檀口含丹、香腮带赤，像是初学工笔的人画的画，连衣褶的线条都是一样的。月份牌上画的是个古装的姑娘，拿一把宫扇，巧笑倩兮，美目盼兮，最别致的，是旁边一个架子上踏着一只鹦鹉，毛色斑斓得很，好些年后我才知道，那是鹦鹉中的名贵品种，叫作琉璃金刚鹦鹉。

我是用铅笔画的，然后用彩色铅笔上色。母亲破例地表扬了我，拿给邻居看，就宣传出去了。几天之后母亲兴冲冲地说，图书馆长的太太张师母（后来我以她做原型，写了个中篇《做绢人的孔师母》）请我去她家里玩，要看看那张画。一早，母亲就让我换上洗干净的衣服，说张师母家是出了名的干净，难得请人去的，去了可要处处小心。

张师母非常客气，浙江人，温文尔雅，很会打扮。脸上皮肤特别薄，一层浅浅的雀斑，扑了一层淡淡的粉。说话从来不会高声大嗓。她先给我端了点心盒子，请我吃点心，然后静静地看了一会儿我的画，问，愿不愿跟她学画绢人。

她是做绢人的，家里摆满了一个个的玻璃匣子，里面是一个个的绢人，基本都是古装仕女，有林黛玉、王昭君、崔莺莺、穆桂英……她做的绢人，都是出口的，特别精美。

我当然愿意，就正式拜了师，帮她画绢人的脸。还画了整整一本古装仕女，后来被老家的爷爷拿走。在学校，我的美术课永远是满分。五年级的时候参加了一次国际少年儿童绘画比赛，拿了个银质奖。我记得当时画的是《战斗的越南南方青年》。第一稿出来后，美术老师让我把那个越南女青年的衣褶改一改，她说，女性的胸是凸起来的，那几道衣褶特别重要。我听了面红耳赤，好像第一次注意到女性的胸是应当突出的。那是我第一次画现代人，此前画那些古装仕女，是用不着注意胸的，只要把脸画得美丽就行了。

我特别喜欢画那些古代美女身上的珠宝饰物，画起来不厌其烦，把一粒粒的小珠子都画得精精致致。有一次还画了一个阿拉伯美女，画的时候我就想，要是将来我也有这样美丽的衣裳穿就好了。然而在我整个的青少年时代，这不过是一种奢望而已。

母亲喜欢这样的画，有一次，她把我画的虞姬贴在脸上细细地看，说："难为这小丫头，一根根头发都画得这样细。"那一天，我万分高兴，哼着歌去上学，又哼着歌回家。

6

踏缝纫机，也是母亲教的。小学的仓库附近有两台缝纫机，我们少先队干部值班的时候常去踏着玩。家里买了缝纫机之后，母亲让我练着匝鞋垫。盛夏的中午，蝉无休止地鸣着，家人在地面铺的凉席上发出轻柔的鼾声，这时踏起缝纫机来特别惬意，间或窗外还有凉风习习，匝好一个鞋垫后，将有一支五分钱的小豆冰棍等着我，可以吃得满嘴甜香。

黑龙江兵团的冬闲时期，有一段时间女孩子们狂热地爱上了绣花。每人拿个绣花绷子，互相描了花样儿，便开始飞针走线，晚上打夜班做颗粒肥，白天休息时间便绣花，也不知哪儿来的那么多精力。终于学会了那种凸绣法，也无非是在绣之前，在丝线下面埋下粗线而已，花很少的钱买上各色府绸布，在上面绣白色的花，然后做成枕套，在那个单色调的时代，这成了一种享受。因为有母亲教的绣花基础，我便能别出心裁地画些绣花样子，各排的女生都来跟我要花样儿，于是，我的一切都开始有人代劳：洗衣服、钉纽扣、打饭……好享受耶！

从东北回来的那些日子里，因为羡慕外国画报里那些“资产阶级”的衣裙，开始学习裁剪。母亲过去的一本裁剪书是50年代初期出的，有不少好样子（起码在当时这么认为）。我只是看了看，便找出一块三寸布票一尺的布，上去就是一剪子。母亲吓了一跳，咕噜道：“这丫头是狠些，我学了这么些年的裁剪，还不敢下剪子呢。”后来用那块布做了一件无领无袖的短衫，竟然还穿了些日子。后来自己设计衬衫，是的确良的，有古色古香的蓝色大花，我把剪剩下来的边匝成一道波浪形的花边，镶在胸前，还带卡腰，穿起来效果很好。于是一发而不可收，连续裁了几件衬衫，还都是新样子，有一件按照洋娃娃的衣服做的，灯笼袖，中间镶了宽宽的花边，做成了不敢穿，只好穿在里面露出一点衬领，造成一种“犹抱琵琶半遮面”的效果。后来又和邻家的女孩玲玲合作（我裁她匝），做成一件墨绿色丝绒裙和一件绛红色尼龙裙，穿着绿色的那一条照了好多相片，果然显得苗条多了。

给母亲裁了一件短袖衫，我自以为驾轻就熟，谁知裁好之后，袖笼的接缝处对不上，只好又在腋窝处安了一个三角。母亲并不知这其中奥秘，十分高兴地穿上了，我却生怕被她识破，提心吊胆了好久。

7

几十年过去了，我们四个早已长大成人，回忆往事的时候，母亲总是很喜欢听我们讲，但是很奇怪，所有的记忆都有偏差。生活，就像是“罗生门”，每人眼里都有自己的真实，所以每每回忆起来，总要吵成一片。

母亲是北平铁道学院（北方交大前身）’45 届管理系的毕业生，当时的管理系，只有寥寥几个女生。母亲的英文很好，我看过她保留下来的英文作业，那种花体字的英文细如发丝，我无论如何也写不出来。母亲写一笔好字，留下的墨宝不多，却件件珍奇。母亲写了六十年的日记，直至去世前几天，还在写，那样工整的蝇头小楷，现在的人，怕是怎样也不会有这个耐心了。

告别的那一天，我们电视剧中心的领导去了，送了三个花圈，他们说，你母亲的相貌好慈祥啊！母亲的遗像在微笑着，音容宛在。

最后的时刻，从美国赶回来的姐姐握住母亲的手，唱了一支小时候母亲教给我们的歌：“春深如海，春山如黛，春水绿如苔，白云快飞开，让那红球现出来，变成一个光明的美丽的世界。风，小心一点吹，不要把花吹坏。现在桃花正开，李花也正开，万紫千红一起开，桃花红，红艳艳，多光彩，李花白，白皑皑，风吹来，蝶飞来，将花儿采，倘若惹得诗人爱，那么更开怀！”

我们一起加入最后的合唱，歌声中，母亲的灵魂驾鹤西行了……

你们是我心中永远的痛

——献给曾经与我相伴的可爱的狗狗们

我养过三次狗，每一次经历都无比惨痛。

第一只狗叫贝贝，在城乡贸易中心附近的一个狗贩子手里买的。那小狗全身雪白，确实不错。儿子那时还小，看见就走不动道儿了。我当时坚决反对买狗，原因有三：一是怕脏，养狗的人家满屋狗毛，连清扫都没法儿清扫；二是麻烦，好容易把儿子熬大了，再熬一条小狗，我受不了；第三，也是最关键的，我怕狗，几乎所有的动物只要稍稍长大一点，我就怕，我怕它们的眼睛，我觉得所有动物的眼睛因为不会笑，都很阴险。

我拉着儿子就走。已经走到公主坟立交桥，快打上车了，忽然看见儿子的长睫毛一眨一眨的，大颗的泪就那么一滴滴落下来。儿子这招儿对付我是极灵的，百试不爽，我只好缴械投降。儿子挂着眼泪笑了。

袋子里装着的小东西像只最小号的上了发条的绒毛玩具，怎么看都不像真的。最奇怪的，是它那双眼睛，在不同的光线下，颜色会变，至少有三种颜色：黑、墨蓝和碧绿。当它们变成蓝绿色的时候，就像是极其昂贵的宝石，美丽极了。开初把它关在阳台上，它凌晨四点不到就发出嘤嘤的声音，就像婴儿在撒娇，我完全不知道小狗还能发出那种声音。有天半夜里我起来上卫生间，却见一小小的黑影奔跑过来，我足足实实地吓了一跳，它也吓得跳起来，我们互相看着，不知道谁的胆子更小。

那时还没买《养狗大全》，什么都不懂，就建议给它洗澡。没想

到洗得全身发抖，吃的东西全吐出来。一向温和的儿子突然向我大吼大叫："就是你！你把贝贝害死了！"也许"害死了"三个字太刺激，我心里激灵了一下，表面上还装得镇静，用毛巾被裹了小东西慢慢焐着，但它越抖越厉害，我心下觉着完了，就把它放进小窝里。儿子把自己关在卫生间里，鼻涕一把泪一把地哭，从小到大，还没见他这么伤心过。过了很久，我已然觉得无望的时候，忽然，一只全身雪白的小狗一蹦一蹦地蹦进了我的房间，那样子好像在说：妈妈，我好啦！

我一下子把它搂进怀里，真的开始喜欢它了。

它越发娇气起来，不愿意在阳台待了。一个大风的夜晚，我好像听见它在外面嘤嘤的声音，怎么也睡不着，担心它会不会冻坏。终于穿着睡衣冲了出去，把白绒绒的小家伙抱了回来，放在沙发上。从此便再也不出去了。但是小贝贝得陇望蜀得寸进尺，它并不满足于沙发上的生活，终于在一个久雨初晴的下午，它钻进了儿子的被窝。儿子正在黑甜乡里，贝贝硬是用小舌头把他舔醒。若要换了别人，儿子一定要烦恼得大喊大叫，睡眼蒙眬中一见是贝贝，顿时眉开眼笑。

但小贝贝并没有就此罢休，它的最后目的实际上是要成为家庭一员。它简直是无处不在无时不有。它爱吃花生米，我们只要咬一颗花生，隔着两间屋子它也要扭扭搭搭地走过来，把两只小爪子往你身上一搭，仰着脸儿，一双大眼直盯着你，由不得你不给它。每每我和儿子亲热，它便把那毛茸茸的小脑袋拱进来，一定要夹在我们中间儿，要我们两人都爱抚它。"出"是我们全家禁忌的一个字眼，不用说出声音，只要口形做出一个"出"字，小贝贝就要欢天喜地地蹿高儿，吐着小舌头来舔你。目的当然只有一个：出去玩。

小的时候带它出去，用的是一只蓝兜兜，每到吃完晚饭，它就叫着往兜里钻。慢慢地它大了，一拎蓝兜兜，它就像是得了口令，一蹦一跳地跟着往外跑，该回去了，一拎蓝兜兜，它就跟着回家。蓝兜兜成了令旗。

贝贝再大些，我们终于花了七十块钱买了一条拴狗的带子。开始的时候它不适应，总是闹，咬着带子不肯往里套，我一生气不理它了：好，那我们就不出去玩。它马上老实了，仰躺下去，伸出两个小爪子让你套。有天晚上很晚了，我在接一个电话，把带它出去玩的事忘了，接完电话一回身：天哪，它躺在我的床上，缩成一小团，紧紧握着那条带子，眼巴巴地看着我，简直神了！我和儿子齐声说：小贝贝呀，你就差会说话了！

儿子给贝贝起了好些名字：小草儿、妹朵儿、小手绢儿、米高·简迅（麦克尔·杰克逊的港版译音）、杰迪森、宝贝儿小胖子、甜心、蜜糖……简直让人酸掉大牙。每天，儿子一放学，头一件事就是和贝贝亲热，然后才叫妈妈。也难怪儿子如此喜爱它，我们不管何时回家，首先遇到的肯定是贝贝的热烈欢迎。一次我去西安出差数日方归，一路上担心着贝贝可能不认识我了，谁知一进家门，贝贝一下子扑过来，激动得在地上打滚，抱起来，小舌头就把我的脸舔了个满脸花！那一个个的冬日夜晚，从外面的严寒里走回家门，总会有个小东西等在那里，亲你爱你，给你温暖，给你快乐。难怪西方人那么爱狗，狗实在比不义的人强多了！

就在我的贝贝度过第一次发情期，成了大姑娘之后，国庆五十周年的查狗热潮来到了。我们把贝贝送到农村一个朋友家里暂避一时，谁知这一去就没回来。

第二只小狗叫包包。包包是个小西施，天生丽质，堪称绝色，只是没有贝贝那么忠诚，有点人尽可夫的味道。小包包刚来的时候，为了预防软骨病，每天吃两次钙片，必要我抱着，喂给它吃，它乖乖地嚼碎了,吃下去,换了别人喂,它一口就把钙片吐出来。

小包包会走猫步,刚来的时候,我们把它放在床上,毛茸茸的一团,儿子就跟它逗,用脑袋顶着它的脑袋,它就蹑手蹑脚地向前走两步,一扑,把大脑袋压在儿子的脑袋瓜上,透着英勇无畏的样子,那样子真是可爱极了。日子长了,儿子掐准了它什么时候要扑,就和它一起扑,好玩极了。那简直就是我们家的一个保留节目。

小包包好色,凡见了俊男靓女,它必热情备至,小尾巴摇得像朵白菊花,但若见了长得不好看的人,特别是秃顶,它便凶巴巴地冲着人叫,叫得我不好意思。有位谢顶的朋友每次来我家,它都一直叫到人家走,无论怎样呵斥也无济于事,那位朋友也曾使尽各种法子讨它的好,根本没用。我只好把它关在另一间房子里,它就拼命地撞门,透出一股惯坏了的劲儿,好像在嚷:妈妈,你干吗为了别人把我关起来呀?你不喜欢我了吗?

这就是美丽娇憨的小包包。

有一次,我和儿子在外面吃罢饭回来,门锁坏了,怎么也开不开。包包在屋里叫呀!我着了急,借来一把大改锥,让儿子生生把那扇门给撬开了。门当然坏了。可我们根本顾不了许多,只觉得包包受了委屈,我抱起包包,就再也放不下去了,它显然受了惊吓,一分钟也不离开我。当时已经是晚上10点钟了,家里没有什么能让它吃的东西,我就抱着它走到街上,一个店一个店地转。在信达粮店那里还有灯光,里面恰恰有卖熟排骨的,就把剩下的都包了,路上就喂了它两块。小包包在我的怀里大吃着,小尾巴使劲地摇,好像在说:妈妈,你真好!

小包包怕洗澡,每次洗澡都像打仗,小时工刚把澡盆拿出来,它就一溜烟地躲到冰箱后边去了,怎么叫也不出来。洗一次澡,小

时工就弄一身水，洗完了给它吹风梳毛就更成了事儿，无论怎样抱紧它，它都能挣出去。但是一旦它洗过澡，吹过风梳过毛之后，简直就是绝代佳人，漂亮极了！我说，包包真漂亮，话音没落，它就一下子蹿到我怀里，用小舌头舔我。它的小舌头漾着一股香味儿，真的，我还从来没在任何别的小狗嘴里闻见过那股香味儿。

就是这么可爱的一个小东西，却在它一周岁的时候丢了。

那天大约早上 8 点钟，我像每天一样起来给它做了早饭，却不见它来吃，我到处喊，不见影儿，本来以为是它又淘气躲到哪了，可时间长了，我害怕了。我一层层地下楼去找，边找边喊，又一层层地上楼，十二层楼让我找了个遍，依旧没影儿。想来想去，大半是儿子 7 点上学的时候它跟着从门缝溜出去了，而儿子走的是电梯，它走的是楼梯，这时距我起床时间大概有一小时，这时间也太长了一点，它已经丢了一个小时了！

包包丢了！这严酷的现实摆在我们面前。我写了启事四处张贴，但是没有用。听邻居说，广安苑小区有一对老夫妇捡到一只狗，那小狗脏得很，有时晚上 9 点以后那对老夫妇出来遛狗。我和儿子便在 9 点左右到广安苑附近转悠，当时正是寒风呼啸的深冬，儿子冷得受不住，先走了，我就站在那大风里，一天天地冻着，想着心爱的女儿小包包若是无人收留，该有多冷，多可怜！这样想着，泪水就慢慢流了下来，在寒风里结成冰凌。一天天地过去了，终于无望，只好在心里祈祷着：包包啊，但愿有家善良的人家收养你，对你好，那样的话，就是妈妈永远见不到你，也就认了！

痛失包包让我和儿子都受不了，只好决定再买一只小狗。第二年，也就是 2001 年初春，我们去官园又买了一只小狗。狗贩子撒出一群狗来，让我挑。狗贩子把狗粮往地上一撒，小狗们争相抢食，只有一只大脑袋的小狗，总是抢不过人家，惹人怜爱。抱起来一看，是最漂亮的一只，就买了回家。

起了个名儿叫喘气儿，因为它（这是只小公狗）不叫也不哼哼，只会喘喘气儿，特别乖。鉴于前两次的教训，我和儿子决定专给它喂狗粮，小家伙吃得很香。可是第二天，一闻到我们吃的饭，它就开始拒绝狗粮了，多饿也不吃。一到吃饭的时候，就扒着我的脚，要吃的。我就把食物嚼得细细的喂给它，儿子在一边瞪我，说：妈妈，你又心软了，不是说好只给它狗粮的吗？

头一天，我把它放在装苹果的纸箱里，里面垫了柔软的垫子，它哼哼了一夜，显然是不乐意。第二天，我特意去超市买了专用的小狗窝，非常漂亮，百余元一只，天气凉怕它冻着，就把它放在暖气最足的卫生间。半夜里醒来上厕所，却发现它根本没有睡，而是扒着暖气管站着，站也站不稳，两只大眼睛红红地看着我。我心里一疼，就把它抱起来放在我的床边，底下垫了个单子，挨着我睡，这下总算是睡踏实了。夜里我一醒，它就醒，紧张地看着我，好像在说：妈妈，我乖，别让我离开你，行吗？

就这样，小喘气儿头三天就离不开我了。这是三只小狗里最惹人怜爱的一只，它是那么小，又那么漂亮可爱，小扁脸儿，没脖子，大奔儿头，大眼睛，小胖屁股小短腿儿，每当我在地上走来走去的时候，它就玩命地跟着我跑。它的大眼睛里总是充满着忧伤，害得我只好一天到晚抱着它，炒菜的时候就一手抱着它一手拿炒勺，儿子都看不下去，说：妈妈，你把喘气儿惯得太厉害了！

其实小喘气儿有特别刚烈的一面，有一个大晴天儿，我看见窗台上阳光灿烂，就把喘气儿抱在窗台上晒太阳，对它说：宝贝儿小喘气儿，妈妈离开一分钟，你乖乖地在这儿等我，我马上回来。我离开的时候还挺踏实的，心想，那么高的窗台，说什么它也不敢动一动。

谁知我刚一离开，就听见一声惨叫——喘气儿竟然从窗台上跳下来了！我惊慌失措地把它抱起来，看了又看，还好，没有受伤，只是走起路来还有点瘸。我心疼了好久，暗想它这么小就这么忠诚这么烈性，长大了还真不知怎么样呢。于是加倍地疼爱它。

没过多久，长篇电视连续剧《曹雪芹》去南方采景，作为责任编辑我不得不跟着。临走的时候，我反复嘱咐儿子要精心照顾小喘气儿，出去之后打电话，第一件事儿就是问喘气儿好不好，弄得同事们侧目：你怎么比疼儿子还疼小狗啊？

这真的是一个很尖锐的问题，我一直在回避的，其实，我和儿子心里真的很清楚。儿子大了，可以独立了，可小喘气儿还小，太小了，一只多么可爱的小狗，可是再可爱也不会说不会道，若是难受，只有自己忍着，一只小动物是多么的可怜啊。从这个意义来说，当然对喘气儿就更要关心一些。

一出去就是十多天，回到家里一看，喘气儿没了。儿子解释说，他开学了，没法照顾喘气儿，只好把它送回官园那个狗贩子那里。我听了之后，觉得也合道理，就准备着去看喘气儿，买了各种好吃的，想着小狗是一天一变，喘气儿一定是更漂亮了。周末休息，便拉着儿子去官园，谁知他死活不去。我很生气，诸法使尽均告失败，只好拿出撒手锏："你这孩子太没有爱心了！"话音未落，儿子的眼泪一颗颗地滚落下来，呜咽着说："妈妈，我一直没敢告诉你，喘气儿已经死了！"

真是晴天霹雳啊！良久，我一句话也没说出来。夜晚，我面对着自己的时候，泪水止不住地流出来。想着儿子说的，自我走后，喘气儿就不吃不喝，一天天地弱下去，可一听开门声，还拼命挣扎着出来看，喘气儿是多么想我啊，它是想看看是不是妈妈回来了！我的小喘气儿，我的小娃娃，你是妈妈心里永远的痛啊！

自此之后，再不能提“养狗”二字了，只有看看别人家的小狗解解馋。我想过了，只有等将来老得走不动路了，我才会再养狗。我要养两只狗，一只大的德国黑背，一只小京巴、小西施或者小博美，我要和它们厮守一处，直到天年。

还有一件事儿要说的，就是为了纪念小喘气儿，我特意把自己的长篇《德龄公主》里面的那只小狗儿命名为喘气儿，后来改成电视剧，听制片人说为了寻找扮演喘气儿的小狗儿，他们花了不少工夫。电视剧开播的时候，看着屏幕上的小狗，贝贝、包包、喘气儿……如同走马灯一般在眼前重现，我无语，然后泪如雨下。

天知我有　地知我无

穿白色旗袍的赵一曼坐在一张椅子上，怀里抱着儿子宁儿。虽然照片呈现出一种古旧的黄褐色，却遮挡不住我们的女主人公极富书卷气的美丽。白净的象牙色的脸上，有那样一双深得看不到底的黑眼睛，那里面藏着深深的爱与忧郁。

有谁能想到这文雅娇弱的躯体内蕴藏着那样一种骇人的力量？有谁能想到这蓬勃内敛的生命竟结束得那般惨烈？

当然还有那脍炙人口的遗书——给儿子宁儿最后的信，至今令人不忍卒读。

但是，“赵一曼”这三个字令我想到的，首先却是童年时读过的一本《少年文艺》——里面讲了一个赵一曼少女时代鲜为人知的故事。

赵一曼出身于大地主家庭，按照多年以前的“出身论”，是绝对没有机会革命的了。但她却天生喜欢朴素的生活，嗜书如命。赵一曼原名李坤泰，少女时代气质高雅、清纯美丽，但个人生活却到了不修边幅的地步。她躺着看书，坐车看书，甚至走路时也要捧着一本书，有时走着走着，忽然撞在树上。更多的时候，她沉浸在书里，连冷热都不知，往往人家都穿上了裙子，她还穿着厚厚的毛衣。她有个非常聪明的小侄女，常常提醒她：姑姑，该换衣服了！姑姑，该梳头了！她笑一笑，也并不以为意。有一天，小侄女围着姑姑打转，姑姑却毫无觉察。小侄女发现，姑姑的一双眼睛，牢牢地被一本书捉了去，那本书的名字叫作《前夜》。

直到姑姑把书放下，小侄女才说话："姑姑，这本书好看吗？"

"好看，当然好看。"

"它讲的是个什么故事？"

"讲的……你现在还不懂，它讲的是个很美的爱情故事。"

"我懂，爱情，就是一个男的和一个女的在一起。"

"哈哈，对对，就是这样。"

"就像我的爸爸妈妈那样。"

"太对了，你真聪明！"

"那个女的好看吗？"

赵一曼拉着小侄女慢慢地走进小树林："好看，她叫爱伦娜，她长得好看极了，最要紧的，是她的心很美。为了所爱的人，她能够毫不犹豫地献出一切……她是俄罗斯贵族的女儿，为了爱英沙罗夫，她失去了继承权，失去了国籍，甚至失去了父母的爱……"

"英沙罗夫是谁？"

"英沙罗夫是保加利亚的一个革命者。如果说爱伦娜是为爱而献身，那么英沙罗夫就是为祖国而献身，他牺牲了自己的生命，他的爱比爱伦娜的更深厚，更无私，也更伟大……"

小侄女并不大懂得姑姑的话，但姑姑的神情感染了她，不知为什么她小小的心里升起了一种预感：姑姑将来也会走这条路！

姑姑眉宇间流露出了神圣和冷峻，小侄女听着周围树叶的沙沙声响，看着夕照把树林染成纯金的冠冕，她小小的心在颤抖。

几年之后，姑姑真的要去反满抗日了，临行的时候大家都很忧伤，愁云惨雾笼罩着这个家庭，大家似乎都在心照不宣：坤泰也许会一去不返。小侄女想要大家笑一笑，想啊想啊，突然看着姑姑，眼睛一亮。

"姑姑，我给你出个谜语吧。"

“好啊,什么谜语?”

“天知我有,地知我无,人知我有,我知我无。”

赵一曼猜啊猜啊,怎么也猜不出。

小侄女嘻嘻一笑,指着姑姑的脚说:“就是你脚上的破袜子啊!”

赵一曼一怔,笑了,笑得前仰后合。全家人都哈哈大笑,所有的忧伤一扫而光。

后来,赵一曼来到东北,成为东北抗日联军的重要领导人,与著名抗日英雄杨靖宇、赵尚志并驾齐驱。她率领抗联队伍,辗转在白山黑水之间。再后来,就是我们熟悉的故事了:她因受伤而被俘,受尽了日寇的严刑拷打,日军首领一开始就从她非凡的气质中判断,她是共产党的重要人物,严刑无用,只好把重伤的她送进医院。在医院,她做通了一位韩护士和一位警士的工作,他们协助她,逃出了医院。她策划的计划差一点就成功了。

赵一曼在珠河县被日军枪杀。那是珠河县的凌晨。曙光和星星同时出现在天空上,赵一曼抬头看了看那奇异的景象,觉得那种光照十分迷人。日军宪兵让她转过身去,在那一瞬间,她对着黑洞洞的枪口,突然微微一笑。宪兵拿枪的手颤抖了起来,他们对这个不平凡的中国女人的微笑感到惶恐。

枪响了,我们看到那秀气冷峭的女人慢慢倒下去,她的脚正对着我们,那是一双秀美的脚,脚上的旧毛袜仍是破的,露出了脚后跟。再后来,这一切都浸透在新鲜透明的血液中,在星星与曙光的交相辉映下,露出一抹灿红。

大美青瓷

央视《鉴宝》栏目收视率一路飙升，已成为我的每周必看节目。忽一日，一件青瓷花瓶由专家标出天价，足足吓了我一跳。后来又知，去年 9 月，一件元代青瓷龙纹扁瓶曾在美国以 583.15 万美元成交，创了中国瓷器公开成交的纪录，由此方知青瓷之贵。

青瓷是瓷器的最早形态，美丽的青瓷釉色晶莹丰润，冷时“如冰似雪”，暖时“温润如玉”。据说，优秀的青瓷作品，不但有翡翠之秀色、碧玉之润泽、紫口铁足和釉面开片，还有古朴优美、凝重大方的造型。用复杂的工序烧造出的瓷器釉色青碧，釉层厚润，可与翠玉媲美，人们常用“千峰翠色”来形容青瓷釉色之美。千百年来，青瓷沿着海上“丝绸之路”传播到日本、朝鲜、东南亚、非洲和欧洲等地，与丝绸并重，成为中国古文化的象征。

一直以来的说法是：瓷器出现于东汉时期。此次到上虞，才知去年 5 月，考古人员由出土的 89 件原始青瓷器推断，中国青瓷烧制的成熟期应当是在西周中晚期。

这个新发现令我惊喜。自写过《德龄公主》之后，我一直进入历史无法自拔，越写越古，目前正在写一部战国时期如姬夫人窃符救赵背景的电视剧，恰好热衷于自西周以来中国古文化的研究。参观上虞的青瓷展览，亲眼看到青瓷的铁胎厚釉和釉面开满的层叠斜裂的梅花冰片般的纹路，真是鬼斧神工之妙，于是突发奇想，回来后便将小说中如姬夫人的花瓶酒樽一律改为了青瓷质地。

青瓷之所以取得如此高超的工艺水准和艺术声誉,从人文角度去剖析,完全出自国人的审美精神。古代中国向来以玉比德,孔子曾说:“夫玉者,君子可比德焉,温润而泽,仁也;栗而理,知也。”而道家的艺术思想似比儒家更具积极意义。庄子曰“天地有大美”,主张“大音希声,大象无形”,崇尚自然天趣,反对雕琢细作,认为“圣人者原天地之美,而达万物之理”。沈括在《梦溪笔谈》中也说“造神入理,回得天意”,于是青瓷那种类似天然美玉、精光内蕴、浑然天成的神韵便成了国人所追求的美之象征。

青瓷把大自然优雅的青绿色糅入晶莹的釉层里,如同大自然的灵魂融入了灿烂的人类文明中,它是名副其实的中国陶瓷中灿烂而独特的一支。据说青瓷与青铜器在造型上有着密不可分的血缘关系,在原始社会陶器业很发达的商周时代,青铜业得到发展。开始青铜造型多来源于陶器,而原始青瓷在商周是属于萌芽和确立之时,它的造型又借鉴于青铜造型。既继承了商周青铜器的传统,又不一味拟古。在同一种风格的造型上,由于时代的不同,运用同样的材质和不同的处理手法而出现不同的艺术效果,这说明一种文化的发展不是独立存在的,它是遵循着继承和发展的道路前进的,而每一时代都会赋予它特殊的意义,譬如东晋以来随着佛教在中国的广泛流行,饮茶之风大盛,到了唐代饮茶习俗更是风靡全国,从而便刺激了茶具的生产。其中越窑青瓷茶具青秘翠美,精致绝伦,“青如天,明如镜,白如玉,声如磬”,与茶色护翠融青共为一体,被“茶圣”陆羽誉为类冰似玉。我们完全可以想象:在几千年前,古人们身着绸衣,在柔和的烛光中手持青瓷美器,按照严格的礼仪,对坐饮茶,那该是何等真切的关于礼仪之邦的写照,有如此盛美的传统文化,又如何能坐视由于文化传承的断裂而造成的世风日下,礼崩乐坏,粗糙与欲望化的盛行?!不要蔑视传统文化吧!

窃符救赵、毛遂自荐、吹箫吴市、赵氏孤儿等等之所以成为千古绝唱，正是由于这些故事中充满了人性的、理想的光辉，相比较而言，当代很多人的堕落尽管有各种各样的原因，中国古代优秀文化的失传无疑是其中至关重要的因素。

我以为，中华民族几千年的灿烂文化，是我们这个民族的特有财富，绝不能随意丢弃。纵观当今世界，文化的冲突、邪教的泛滥、自然的破坏、人性的恶化等等，均为社会安定和发展之阻力。然而要消除和解决这些问题，中华文化具有西方文明无法取代的作用。谁都知道，"亚洲四小龙"的崛起和日本的高速发展，都吸收了中华文化思想的智慧。当前西方一些有识之士都在尽力研究中华文化，和一百年前的西学东渐相反，形成了"东学西渐"。这些都说明了中华文化在当今世界仍有极高的价值，21 世纪不仅是东西方文化交汇的世纪，还是从过去"以西方文化为主流"转向"以东方文化为主流"的世纪，复兴中华文化绝不是对西方文明的对抗，而是意味着东方文化对西方文化的吸纳，从而创新出人类新文化，为人类开启新的文明。

不是吗？当我们的青瓷首次传至法国，立即使法国人为之倾倒，那种神秘美丽的青色，在法语中竟找不出一个恰当的词来形容，只有杜尔夫所著《牧羊女亚司泰来》中牧羊人雪拉同在演出时所穿的舞台服装的颜色略与之相似，于是"雪拉同"便成了青瓷的代名词。据说，今天英文中的雪拉同(Celadon)即由此演变而来。

回京之后续写我的战国小说，想起上虞的青瓷，当晚做了个奇特的梦，梦见在一尊青瓷饕餮龙凤纹雕塑的背景前，一个身着红衣的舞姬飘逸飞动，错彩镂金，玉绿翠碧。两旁站立着司箫、笠篌、阮、笙的白衣乐女。一副巨大的编钟，被舞者长长的水袖拂出叮叮咚咚的清泉之声，满目翻飞，纵横捭阖，旋转如风，变化无常，高低起伏,回旋律动,疾风骤雨般不可遏制——那位舞者,正是我小说中为了合纵抗秦大计勇敢地窃符救赵的如姬夫人。

Xiaobin
2013. 12. 6

当消费成为时尚

——从妈妈的旗袍说起

童年时候，特别喜欢母亲年轻时的那些旗袍。其中有一件西洋红的格外漂亮——软缎毛葛的衣料，上面绣了珠灰和淡青的兰草，那种柔和婉妙的色调，真是别有一番味道。因此翻母亲的箱子便成为我们姊妹童年时的一大乐事。

后来才知道，母亲的旗袍是改良式的。最早的旗袍，应当是清代的直筒式旗袍——腰部无曲线，下摆和袖口处较大，配上琵琶襟的马甲和花盆底的旗鞋，便是典型的清代满族女人的装束了。我想旗袍之所以绵延至今，无疑是因了女人们对它的偏爱。一次次改良的旗袍款式显示了一代代女性审美趣味的变迁，更反映了女性生存的状态，可以当之无愧地写进中国服装史了。

那时我幻想长大之后穿着母亲的旗袍走在白杨树摇曳的小路上。

但是现实离我的幻想十万八千里，还未成年，我就被送到了离北京三千六百里的东北兵团。毫不夸张地说，在那里，我们经历过人类最深重的苦难。零下四十多度时依然要出工，做颗粒肥。只有在零下五十二度的时候休息了一天，那一天，凡出去人的脸上都冻起了大泡。平时是没有煤烧的，为了不被冻死，我们只好在雪地里去刨豆秸烧，一大垛豆秸只够烧一炉。我们就睡在严寒里，眼睛盯着挂在天花板上的长长的冰凌，直到天明，这算是好的，还经常半夜里被紧急集合号叫醒，到外面的冰天雪地之中去摸爬滚打，一喊卧倒就得趴进齐膝深的大雪里，冻上十分钟。而夏天，在烈日下铲地(东北人称夏锄为铲地),一人一天一条垄,十四里路,包到头,中午老牛车送饭,干活慢些的就吃不上。我拉痢疾,在那样的劳动强度下,瘦成了一根麻秆。终于有一次,我被背上了二八车拉送团部医院,手指甲已经乌紫,全连都出来送,平时要好的女伴已经在哭,认为就此再也见不到了。那一年,我十六岁,一切都无从解释,只能说,是青春,把我从死神手中抢了出来。

可是突然之间一切都变了。

当开放的窗口渐渐打开的时候,皮尔·卡丹首先走了进来,我的大学时代正是急剧变化的时代。三年级伊始,女生们的服装已经开始争奇斗艳。流行色以它非黑非白、非此非彼的色彩散发着魅力。淡金色、银蓝色、橄榄绿色……正是色与色之间的过渡,构成了神秘的不可言说的美,给了我们关于另一个世界的讯息。

北京姑娘越来越漂亮了。这自然离不开服饰的作用。国贸、燕莎、赛特……90年代中期时,时装与购物环境已经直追欧美。而进入21世纪以来,北京已经成为无可争议的国际化大都市,时尚从一些小资白领、波波族走向了更多的受众——连我们这些从小穿用"三寸布票一尺的布"做的花裙子的人,也都不能不关注到消费文化语境中的人——特别是女人的巨变。

一次我不经意间出席了一次时装发布会,那一次的时装秀令我有振聋发聩之感——

第一位模特穿的是晚装,烟一般透明的纱衣,巴洛克式的华丽氛围搭羽毛梦幻配饰,并且有着若隐若现的朋克元素。

第二位穿女公爵缎刺绣晚装,戴花朵形宝石戒指——明艳的紫色与金色刺绣花朵由领下散开,在红色女公爵缎的映衬下更添夺目光彩。顶级的奢华材质,数百小时的完美手工,据说由"时装界的恺撒大帝"Karl Lagerfeld 亲自掌镜创作,看上去竟不是时装,而是如梦如幻的艺术品。

模特们络绎不绝地走在T台上——有的戴着Stone Age的新款饰品，灵感来自充满神秘色彩的枫丹白露森林，妩媚如宝石精灵亿年的沉积；有的戴“八宝”手镯，T台上，超宽的手镯成为张扬时代的点缀和视线的焦点；有的中性打扮，感觉金属质地般地硬朗；有的全身缀满质感细腻的立体花朵，迷人晕色，透明泡芙袖、甜美小圆领和蝴蝶结如春天般纯真。

迷人的香气的氤氲、梦幻的迷离色彩的熏染，让全场的人们如醉如痴——最后，大家听见设计师私语般的献词：“……我的梦想就是做一位裁缝，开家小工作坊，专门为我崇拜的女性做美丽的衣服。我会有自己的回头客、自己的沙发，我会请她们喝茶，享受安逸的气氛。——这不是我说的，这是Domenico Dolce说的，我的梦想是每天从晚上十点工作到翌日上午十点，然后我要做阿拉伯鲜花浴，做按摩，休息，然后去购物，把挣来的钱花掉。朋友们，请相信我，我要让这里成为这座城市独一无二的时装店，希望你们尽情享受这里所有的奢迷，愿我的小店因你们而更加美丽！”

这个场景，被我写进了新作《炼狱之花》中。

那一天，几乎所有的人都购买了这家店的服饰，我算是买得少的，也买了一枚紫色仿水晶胸针和一件象牙白亚麻剔花旗袍。

无论我们是否愿意承认——时代变了，时代都发生了翻天覆地的巨变。时尚成为我们每天必须面对的事实，而消费文化成为我们的写作乃至生存状态中无法回避的语境。——这是现实，必须接受。与好坏没有关系。

我想，当现在的一个普通少女从西单商场买了精美的皮衣走出来的时候，她很难想象到多年以前，一个与她同龄的女孩在即将走向东北边疆的前夕，在同一个柜台上从一片灰色中挑出一件线呢两用衫,其快乐的程度比她有过之而无不及。

心里终归还记挂着母亲那几件美丽的旗袍,终于在长大成人之后穿了一回,谁知洗了一水之后那颜色便褪去许多,这才明白曾经那样吸引过我的东西不过是上一个时代的馈赠,虽然好,却已经异常陈旧了。

然而,旗袍的款式却仍然不断地更新着,在现代时装中以独特的东方情调占有一席之地。现在有了高领、垫肩、窄腰、长开衩的手绘图案旗袍。TAGER 的惊艳出场,更是让所有的西方设计师目瞪口呆。姐姐从美国来信说,当她出席一个重要宴会的时候,她选择了 TAGER 品牌旗袍。那旗袍鲜红夺目地华丽。它战胜了那些西装和晚礼服,给她带来了运气。她说她穿上旗袍便想起了北京,想起童年时在北京的一座房子里,几个女孩试穿妈妈的旗袍,盼着快快长大。

美丽往往掩盖智慧

容貌美丽也不一定全是好事。古来便有“红颜薄命”之说，抛却此说，美丽还容易掩盖一个人的其他品质，譬如智慧。一个女子容貌平平略有才智，容易被人认为是“才女”，而一位天姿国色的女子再有智慧，恐怕也是“疑似花瓶”，或者干脆“疑似肉弹”，要翻身也难。就连大名鼎鼎的克丽奥佩特拉亦难逃此劫。

克丽奥佩特拉这个名字，我们最早无疑是从好莱坞巨片《埃及艳后》中知道的，我们还同时知道：这位古埃及托勒密王朝的末代女王，她那传奇般的绝世美貌，她与恺撒、安东尼等英雄人物的情缘，曾经激发过无数诗人、作家和艺术家的想象力，如但丁的《神曲》、莎士比亚的《恺撒大帝》等，都曾将其描述为一个“旷世的肉感妖妇”，而萧伯纳也称她为“一个任性而不专情的女性”。在《埃及艳后》中，克丽奥佩特拉更是被描绘成凭着色相诱使恺撒拜倒在她的石榴裙下，助其击溃胞弟而出掌王位；恺撒遇刺后，她又诱使安东尼为其效力。然而天不从人愿，安东尼的作为激起了罗马市民的愤怒，在与罗马人交战中彻底败北之后，克丽奥佩特拉眼见大势已去，不得已以毒蛇噬胸自杀，时年 38 岁。于是，妖艳、美丽、性感成了这位埃及女王的代名词。

不过，却也有史书记载说，她的面容“既不出众，也不惊人”，她更多的是依靠智慧而非美貌来对古埃及进行统治的。她有着令人吃惊的政治智慧，事实上，在恺撒死后，她急欲求得安东尼的庇护，但却碰了一个软钉子。于是，她马上把主攻方向转向安东尼手下

最得力的大将卡尼迪斯，以贿赂的手段买通了这位影响力非凡的罗马大将。正是卡尼迪斯后来说服了安东尼，让他同意庇护克丽奥佩特拉，而安东尼也从此陷入埃及艳后的温柔陷阱中不可自拔。据说，这一段历史后来找到了确凿证据：克丽奥佩特拉的亲笔签名文件。文件的具体内容，是埃及女王答应给罗马帝国大将军卡尼迪斯以优惠的商品进出口关税——允许他每年免税向埃及出口一万袋小麦，进口五千安普耳的上好埃及美酒。这份文件的末尾有一个笔迹秀美的单词，正是埃及女王的亲笔签名——于是，这份文件便成了她贿赂罗马大将的铁证。

实际上，在克丽奥佩特拉统治时代，古埃及仍保持着极度繁荣。至今，在亚历山大港外海海底，依然保存着完整的街区和雕像，那便是克丽奥佩特拉和她的最后一个情人迈克·安东尼共筑的爱巢——亚历山大城。使这座极富有传奇色彩的皇家古城获得重生的，是海洋探险家弗兰克·戈迪奥和他的考古探险队，他们的惊人发现，都证明了古埃及历史上那段仍然繁荣的历史，当然也证明了“埃及艳后”绝非只是凭美色来保家卫国，捍卫自己王位的。她运用的技巧跟我们现在处理国际关系时的做法并没有什么两样。

历史的某些层面，往往是被掩盖着的，“埃及艳后”的智慧便被她的美丽掩盖了，她究竟是不是那么美丽，我们无从考察，而她的智慧却已成为了确凿无疑的事实。我们可以想象，假如克丽奥佩特拉地下有知，她会对“埃及艳后”说什么呢？

和亲质疑

最近藏戏《文成公主》在保利剧院热演，据说反响还行。可不知为什么，我历来对和亲什么的特别反感。我们曾经拍过电视剧《文成公主》，我的同事为此五上高原，搜集了大量真实的历史资料。据她说，文成公主根本不像传说中的那么风光，特别是松赞干布死后，文成的遭遇非常悲惨。

而用来和亲的其他公主们又如何呢？汉代细君公主的《黄鹤歌》记述了这位公主远嫁乌孙的情况：

吾家嫁我兮天一方，
远托异国兮乌孙王。
穹庐为室兮旃为墙，
以肉为食兮酪为浆。
居常土思兮心内伤，
愿为黄鹤兮归故乡。

这是一首多么令人黯然神伤的歌啊。

无论古今中外，统治者们到了万般无奈或者需要保护的时候，都会打女人牌。细君，一个正在韶华的柔弱女孩，便充当了这一牺牲品。

小时候看书，看张骞通西域的时候，头一回看到什么大月氏，什么突厥，什么乌孙，什么匈奴……觉得又新鲜又奇怪，读起来又拗口。汉武帝摆平这些小国可没少花力气。其中有很重要的一个砝码，就是女人。王昭君且不必说了，数年前去伊犁，还是第一次听说细君、解忧二位公主与“冯夫人”的故事，这故事貌似美丽，其实不能琢磨，一琢磨就太令人感伤了。旧时代女性的命运真像是一根风筝线，漂泊不定，一阵大风一来，就突然断掉，连个影儿也没法儿留。什么公主，什么贵妇，都难逃命运的摆布，更别说是平民百姓了。

细想细君、解忧二位公主，都正值妙龄，可能是二八姝丽，撑死了也超不过二十岁。想想现在十几二十的独生子女，还都偎依在父母怀抱里，可从没出过门儿的她们，就一下子“一番风雨路三千，把骨肉家园，齐来抛闪”。这还不算，最要命的，是她们被指定一下子投入陌生男人的怀抱，此前，她们对他们一无所知。他可能相貌英俊，性情温和，可能爱她，保护她，体恤她，但更可能他相貌丑陋，性情凶悍，甚至有隐疾，不爱她，虐待她，漠视她……天哪，总之一个年轻姑娘一下子投入一个异族的陌生男人的怀抱，真的是一件不可想象的事情！

那可怜的细君，在家里最是不善辞令的，身子又是如同“娇花照水，弱柳扶风”一般，“心较比干多一窍，病如西子胜三分”，那样万里迢迢折腾了去，本来已经是水土不服，可怜还要尽力做好，不失一个大国公主“母仪天下”的风范，熟谙音乐文章的才女，还得现学一门“外语”，还得不断“会昆莫”，“置酒饮食”，“以币帛赠王左右贵人”，多累人啊！难怪细君来到乌孙后，不到五年便香消玉殒了。

再说解忧公主，也许是因为取了个好名字，运气多少比细君好些，但也是先后嫁了三个昆莫。谁能保证这三个昆莫个个都是她喜欢的？假如其中有一个她不但不喜欢还很讨厌很不能接受，岂不更是要了解忧公主的命？自然，我这是以小人之心度君子之腹了，也许人家解忧公主根本就不是一个爱情至上主义者，人家天生就是被培养来进行政治联姻的——那么，这岂不是更加富于悲剧性?! 无论是先天还是后天，女性的爱情终有一天是要觉醒的，觉醒之后怎么办？

这真正是杞人忧天了。无论如何人家解忧公主在乌孙生活了五十余年，从寿数上看，还应当算是活得开心了。特别是与乌孙王翁归靡共同生活了三十余年，应当算是很长久的婚姻了。至于爱情，真的不好说。女人在爱情得不到满足时一向热衷于权力和金钱。对于解忧来说金钱是不成问题的，便只有权力了。解忧母仪天下，在行使与争夺权力方面做了几件相当漂亮的事，其中最漂亮的一件，便是以冯嫽为汉节。冯嫽于是成为中国有史以来第一任女外交官。

冯嫽也许是个更加聪明的女性。她嫁给了乌孙的右将军，上上下下搞得人缘很好，被称为“冯夫人”，千古传诵。她的情感生活似乎也是完整的。她的性格，似乎既不像细君那样柔弱，更不像解忧那样强悍，她是适中的、美丽的、好运的，一个好运的年轻女子，无论活在哪个时代，都是被众星捧着的月亮。

是伊犁夜晚出现的那弯月亮吗？

冰美人

在新疆的时候,一个朋友给我讲了冰美人的故事。

她说,是在 1994 年,在海拔 2500 米的阿尔泰深山草原,新西伯利亚考古与民族研究所的高级研究员娜塔丽亚和她的学生们,在距中俄边境铁丝网不到 9 米处,挖开了地下深达 5 米的冻土。里面是一口极其精美的棺材,棺材里是一个巨大的冰块。冰块化了很久,里面埋藏的马匹都臭了,最后,娜塔丽亚从融化掉的冰水中看到了一块富有弹性的肌肤,上面有着怪兽形状的刺青,接着,是一大块闪着铂金光彩的头饰在冰水里闪光。

我说:简直是不可思议!

她说:不可思议的事还在后面呢! 原来里面埋的是一个美丽的贵妇,上身穿黄色丝绸,下身穿羊毛裙,有着秀美的黑色头发,身体不但没有腐烂,还有着弹性!

当时,冰美人的出土震惊了西方学术与新闻界,美国《国家地理》杂志立即派资深记者赶到发掘现场采访,比利时皇家历史艺术博物馆的摄影小组也赶到了。欧美学者们一度认为这位冰美人是 2000 年前生活在黑海之滨的西塞利人,但是也有另一些学者认为,从黑海到阿尔泰山要走 4000 多公里的路,从她身上的丝绸判断,冰美人更可能是一位中国女子,而且是在长城以南的!

……

所以,有人说,这位冰美人就是汉代的王昭君!

当时,朋友坐在六十瓦的灯光下打毛衣,用随随便便的口气说着这些惊天动地的话,我看着她,一口一口地咽着奶茶,全身发冷。

那天晚上我做了个梦。

我梦见我走入一个深深的峡谷,两边都是冰山。冰山之中的缝隙像是有着一种巨大的磁力,把我一路吸进去,周围是一种令人恐惧的呼啸声。当我觉得我已经要撞上冰山,生命马上就要完结的时候,突然,眼前出现一片开阔的平原。平原上落满秋叶,就像镀了一层金箔,平原上徐徐走来一队人马,为首的便是“袅袅腰疑折,褰褰袖欲飞”的王昭君!

但是我始终看不清昭君的面孔,她美丽的脸似乎被一层玻璃笼罩着,好像是一种深深的看不清的湿雾。黄金和白银铸就的面具遮挡着周围武士的面孔,只能看见武士们的眼睛在湿雾中炯炯发光。王昭君穿金黄色丝绸长衫,下身穿暗褐条子的羊毛裙,完全是一副现代女性的打扮。我禁不住上去问:“你怎么能证明你就是王昭君?”

王昭君嫣然一笑:“你怎么能证明我不是王昭君?”

她说完这句话,背景的天空就一下子昏暗下来,闪起千道闪电,同时雷声轰鸣。这时我好像打开了相机,想把王昭君拍下来,但是电闪雷鸣之后,我的相机里出来的照片却是一些闪电和一个飘忽不定的幽灵,那个幽灵惊破了我的梦境,使我一下子从梦中惊醒,坐了起来,把朋友也吓了一大跳。

我讲述了我的梦境,讲到王昭君说“你怎么能证明我不是王昭君?”时,朋友哈哈大笑,说:“你怎么连做梦都像个哲学家?”

后来她把这事儿对另一个朋友说了,那个朋友说,是啊,太是了,什么事情都是无法证明的,谁能证明确有冰美人?又有谁能证明确有王昭君?

所谓代沟

儿子的音乐天赋等于零,甚至负数。

还在怀孕四个月的时候,我就学着书上教的法子,用一个老式的小录音机,放在离肚子十厘米的地方,放音乐。放得最多的是西贝柳斯的《D大调小提琴协奏曲》和圣桑的《天鹅》,可那动人的乐声并没有进入神秘的子宫,它们被抑制了。

我的第一笔影视改编的钱——《弧光》的钱,就给儿子买了一台钢琴,用我们并不富裕的工资请了个钢琴老师,可是三年下来,老师无论如何也教不下去了。又过了一年的圣诞节,我们请儿子弹一支《平安夜》,儿子却磕磕巴巴地弹不出来,那么优美的乐声在儿子短而粗的小胖手下,变成了拉风箱的呼呼声,好像那些乐符一下子成了计算机上的键盘,可以敲出来,但却没有情感没有精神没有形而上之美,我们听了这首曲子之后,鼓励性地鼓鼓掌,就再也不出声了。

可是,当儿子四岁的某一天,从幼儿园回来,噘着小嘴唱出“妈妈,妈妈快坐下,请喝一杯茶,让我亲亲您吧,我的好妈妈”的时候,我突然觉得那些乐章、乐句乃至音色、音域都成了外在的根本无所谓的东西,儿子的心才是最重要的,儿子小小的心透过那南辕北辙的调子,传达到了我生命的深处,告诉我,这是我血肉相连的骨肉,只有骨肉,只有亲人,才是重要的,而其他的一切,都不要紧。

尽管儿子在很多方面都并不出众,却在一个方面聪明绝伦,那就是:鉴赏。是的,对于美,儿子毫不含糊。最早的发现是在儿子五岁的时候，我拿回来一本最新法国时装杂志，一页一页地翻给他看，儿子对美的鉴赏令我吃惊，那些真正高雅的、含糊不清的中间色，都绝逃不过儿子的眼睛，那也正是我所迷恋的：银蓝色、金棕色、橄榄绿色、夕阳红色……那些发式与珠宝的造型，都充盈着别具一格的美。儿子长大了，果然就是天生的花花公子，对于服装服饰的品牌和式样，特别挑剔，所以我也就有了一个当然的鉴定师，每每需要参加什么重要活动，儿子这关过不去，我是绝不出门儿的。

20 世纪 90 年代初，电子游戏刚刚进入大陆，用的还是十分初级的游戏机，一头用卡插在机器上，另一头插在电视机上的那一种，我们最常玩的叫作《魂斗罗》。母子俩变成了两名战士，不仅要战天斗地，还要翻山、潜海、滚火龙、跳悬崖，两人在大战中成了黄金搭档，于是结下了深厚的革命战斗友谊，不仅是母子、伙伴，还是战友。

有一个游戏我始终不会玩，儿子却玩得十分娴熟。那就是《荒野大镖客》。一个大镖客一边杀人一边抢钱，却也痛快淋漓。我在玩这个游戏的时候感到惊心动魄。当我的角色化为一个大镖客杀人抢钱的时候，就远远不如儿子那样果断，那样反应机敏，只要有一瞬间的犹豫，金钱就会倏忽而逝。而如果你不杀人，别人就会杀你。我突然害怕地想，也许这才是真正的社会游戏规则吧？而那些道德的规范、理想的说教，不过是罩在这种铁律上的一种温情脉脉的面纱而已。当我被打得大败而逃的时候，我惊奇地看见儿子过了一关又一关，在儿子的身上根本没有任何负担，只有爱钱的天性，还有冷血。

这一切都让我害怕。

我心里迷迷糊糊地想，这是完全崭新的一代人，等这一代人长大了，我们就真正地老了。

如今，儿子长大了。一切并没有像我想象的那么糟糕。他们被称作“新新人类”（真的不知道他们的后代会被称作什么了）。“新新人类”的最大特点在于他们的“快乐原则”。他们用阳光一般灿烂的生命力照亮生活中阴暗的苔藓，永远不会像我们这一代那样沉重，永远真实地直面生活，爱护自己，大大方方、自自然然地享受生活与上帝赐予人类的一切，而不像我们这一代那样，用理想主义与英雄主义来与真实的生活对抗，从而成就一种掩耳盗铃式的惨烈或者虚伪，一句话，他们比我们活得更像人了。无论遇到天大的祸事，他们比我们更善于“四两拨千斤”，他们比我们更能够承受生命之轻，因为他们比我们更懂得爱自己，所以他们也就更能够保护自己，保护自己不受或者少受伤害。

而我们，却从小被教育要爱他人，我们永远认为爱别人胜于爱自己是天经地义的，我们可以堂皇地为别人的事情奔走呼号，却羞于为自己的事情向任何人开口。过去，我们一向以自己的牺牲精神与责任感自豪，可今天，在新世纪的今天，我们似乎要重新审视我们的生活了，重新追问我们的准则了。

长大了的儿子背着一只沉重的大书包，一点儿也不比当年我们扛的麦包更轻。但是沉重的大书包并没有把儿子压垮，偶尔地，儿子路过玄关的穿衣镜，会驻足，撩撩头发，发出一声感叹：“呵——我是多么英俊——这是我的烦恼！”

彼时他弯腰撑额做罗丹雕塑《思想者》状。我哈哈大笑，仿佛一身甲胄尽皆卸去，生命的活力再度归来——也许在这时，关于代沟的答案已然有了。

世纪末的色彩

最早有世纪末这个概念，是在上大学的时候，读丹纳的《艺术哲学》。丹纳说，世纪末的色彩是玫瑰色的。可是曾几何时，又读刚刚复刊的《世界美术》，在谈到画家弗鲁贝尔时，作者认为弗氏惯用的紫蓝色是世纪末的色彩。我不知道世纪末的色彩究竟是什么，但无论是玫瑰色还是紫蓝色都很吸引我，我是那种对色彩很敏感的人，正是色彩使我记住了世纪末这个概念。

世纪末真的到了。在1997年，香港要回归了。柯受良先生飞越黄河壶口的壮举，也染上了一点世纪末的色彩。大家努力要兴奋，却兴奋不起来。所有能够想出来的游戏都已经玩过了。人们并不知道自己患了世纪病，并且已经病入膏肓。

我唯一的本事是逃避。但逃避其实也是一种自欺。按顺时针方向，很清醒地看一看过去，忽然发现我的生命片断，都染着不同的色彩，我靠色彩来区别它们，每一个片断所象征的色彩，像是偶然，又像是有着一种与生俱来的神秘与宿命，不可理喻。

童年

色彩是我一生的爱好。我最早的理想是做一个画家。至今我都认为，没有选择画家这个行当是我一生的错误。我的记忆里充满了色彩：在我出生的那所房子里，有一口很大的镶金嵌银的钟，雕得很精美，钟盘上是罗马数字，钟摆是纯铜的，已经生出绿色的

铜锈，但总是走得很准。我从小睡眠就不好，一点点声音也会睡不着，可那钟摆声音很大，却对我毫无影响，很奇怪。钟的两旁是笔筒，造型是典型的中国古董，画的却是日本女人，赤着一双脚，那么鲜活的白脚丫，伏卧在绿的草坪上，只有嘴巴一点点鲜红。那一点鲜红对于我和姐姐们是绝对的诱惑，我们趁着妈不注意的时候，偷着用她的深绛色唇膏，把嘴唇抹得红艳艳的。

童年的色彩是混沌的。我的童年既快乐又痛苦。快乐和痛苦都达到了极致，人格就可能分裂。那混沌的说不清道不明的色彩至今仍是我写作时的养分，也是我内心真正痛苦的来源。我的天性爱吃爱穿爱玩，从小就被妈妈和外婆骂为好吃懒做，这是我们家乡骂女孩子最狠的话了。我觉着委屈。因为那时并没有什么好吃的，穿就更谈不上了：永远捡姐姐们剩的穿。一件红底黑格的小棉袄穿了三个人，本来极鲜艳的红底子传到我这里成了土红色，上面有一层洗出来的白绒毛。

妈妈很早就教我做女红：绣十字布，织网兜，钩手袋……并不是做着玩玩的，而是她心血来潮接了居委会的活。那时真的不懂，一个学龄前儿童每晚绣花绣到十点，怎么还会被冠以“懒做”之名？于是就难过，就郁郁寡欢，结果就是越发不讨大人的喜欢。

伯父有一回去苏联回来，带回了三件布拉吉，一件白底子青果领，有极鲜艳的绿叶红花，是樱桃那么大小的花，在那时的我看来，真是漂亮极了。这件最大，给了大姐。一件是乳白色的，亚麻布，领子和袖口都镶了蓝白格的大荷叶边，很洋气的，给了二姐。我的那件是白色泡泡纱的，在胸口镶了一圈鲜红的缎带，插进镂空的花朵里，丝线挖嵌。照妈的眼光来看，这件是最好的，可是没过几天，吃晚饭的时候，弟弟就偏偏打翻了酱油碟，我的新衣裳就染了一块斑。我哭啊哭啊，我知道新衣裳是不能再复原的了，可我想要父母说一句话，说一句公允或者同情的话，但这句话没有等来，等来的是一顿老拳，孩子的心就那么容易被伤害。——父母虽然都受过高等教育，可在重男轻女这一点上，他们并不比农村老太太更开明。

有时觉得我一生都在做一件事：证明给爸爸妈妈看。但最终我失败了。终于明白了我要的是不可能得到的，连上帝都不可能公平。

我的童年，就像那件泡泡纱的裙子，在红白相间的美丽上面，染了一块斑。

“文化大革命”

“文革”是令人惊恐的对比色：黑白相间，间有血色。

那时我在小学，马上就要毕业考了，老师找我谈话，说是全校准备保送两名学生，其中有我。我并不怎样兴奋，认为理所当然。尽管我“好吃懒做贪图享受”，但我的确是个好学生。有许多的奖章奖状放在我的抽屉里，学校如有国庆少先队队列，给领导人和外宾献花等等任务，必是我无疑。

但是忽然有一天晚上，听到播音员极其慷慨激昂地朗诵了一张大字报，于是一切都不同了。小学“停课闹革命”的通知着实让我们兴奋了一阵。我骑着家里那辆“飞鸽牌”二六女车，到各大专院校去看大字报，铺天盖地的一片白纸黑字，杂有血红的大×，真让人惊心动魄。看到1966年的12月，也许是天凉了，也许还因为别的什么，我再不愿出去了，每天猫在家里，画画。

看了一部电影《清宫秘史》。那时有句话叫作“毒草可以肥田”，为了《清宫秘史》差点出了人命，蜂拥而入的人群把一收票的大学生踩在了脚下。可是看过之后也不免失望——不过是普通的黑白片，对白依然像30年代的片子那样咿咿呀呀的尖声，周璇看不出有多么漂亮，将就着看完了，只记得光绪皇帝的一句话："得人心者得天下，失人心者失天下。"

黑龙江

黑龙江给我留下的最强烈的颜色并不是白的雪，而是金红色的霞。之所以泛称霞是因为包括了早霞和晚霞。

常有人表示怀疑："你也去过兵团？"我说岂止去过，我是真正在最底层，干最苦的差事，对方依然满脸疑惑。——这疑惑并非因为我显得多么年轻，而是我身上缺乏某种痕迹，某种那个时代特有的痕迹。这种缺乏大概因了我与生活本身的一种距离感，它来源于我的性格——我似乎从小就是个很自闭的孩子。

但这并不妨碍我得到许多生命中的外部经历，甚至是濒死经历。譬如有一回，我躺在一垛麦秸后面睡着了，康拜因呼啸着开过来，我竟没有听见，多亏了那驾驶员鬼使神差地突然想上厕所。——5团就发生过麦收时节轧死知青的事。又如在东北11月的风雪中下到冰河里捞麻，在零下52度的天气里去做颗粒肥，在那种严寒中，没有煤，井台封冻没有水，因此连涮尿盆的水也有人喝，夏锄时因为常常落在最后，所以总是饿着肚子干活(老牛车送饭只到人最多的地方)，在那样的劳动强度下，16岁的我不知道是怎么过来的。

农忙的季节，清晨4点就要出工。天还黑乎乎的，大家就像一群胡羊似的，呼噜噜跟着，扛着锄头，低头打瞌睡。可是忽然之间眼前一亮，黑暗忽然托起一轮金红色的灯盏，那样一颗又圆又大又红又亮的灯盏！不是慢慢升起的，是忽然出现的，以至我每天都有

了这样的错觉——这是神祇的启示，可能有什么意外的事要发生了。

那时每天都在盼着意外，但是一天天都在平淡中度过了，从早上挨到晚上，都是一样的金红色，但是晚上，那是烧尽了的灯盏，烧成了碎片，铺得满天都是，让人觉得惨烈。

于是心里轻轻地叹一声："一天又过完了。"

丙辰清明

丙辰清明的色彩是铅灰的。

那一段时间，天空总是呈现出一种枯澹的铅灰色，那种灰干得拧不出汁水，你不敢久久地凝视它，不然的话眼泪就要落下来。

那时我在北京的一家工厂做刨工。三班倒，我倒成了夜班，白天便一天一天地泡在天安门广场。清明前的两天，广场的气氛已经相当强烈了。有一个人，戴着眼镜，在纪念碑的石台上教唱怀念周总理的歌。大家跟着唱，后来他又指挥唱《国际歌》。周围的人，有人一眼看上去就像是地道的北京小痞子，可就是他们，都一脸严肃地在唱，让我忽然深深地怀疑：小流氓、小痞子，是不是真的存在？那一天下着雨，下了一天雨。雨水从每个人的头发上淌下来，又流到脸上。脚下站久了，被雨水浸泡得冰凉，可是谁也不动。每个人都是一尊雕像，不可侵犯的。那是一次天国里的合唱，乱了阵脚的风是迟到的音乐。我的眼睛被风吹得发酸，终于，眼泪艰难地流了出来，我悄悄地看别人，好像每个人都在流泪。幸好有雨，可以及时地冲刷泪水。那天的雨好像特别凉，简直寒冷彻骨。

多少年之后我的印象中还有这样的画面：铅灰的天空下，有无数个灰色的凛然不可侵犯的雕像。

那一天是丙辰清明的前一天，1976年4月4日。

大学

大学留给我的印象是淡紫色的。有一架很茂盛的淡紫色的藤萝长久地留在我的记忆里。

月光下那架藤萝是美丽的。藤萝的淡紫色在月光下变成梦一样虚幻的色彩，仿佛轻轻一碰，就会像空气一样消融，然后飘逝。这是一种可以自欺和欺人的色彩，年轻的大学生们，就在这架藤萝下制造了无数爱情的陷阱——学财政金融的学生一样可以有浪漫情怀。

如果有人在夜晚的藤萝架下对我说"我爱你"，而且当时的月光是美丽而寒冷的，那么我一定会脱口而出："我也爱你。"

可惜没人对我说过。幸好没人对我说过。

倒是一位老师，教基础写作的老师，在藤萝架下对我说过："你为什么不写作呢？你是个潜在的作家。"这位老师曾经在大一的时候出过一次作文题，给全班39个同学"良"或"中"，只给我一人"优"，并洋洋洒洒写了一篇可以作为评论的评语。

我的写作是从大学开始的。

写作

后来才知道，文字也是有色彩的，于是才有了对文字的迷恋。写文章的时候，每个字都是要推敲的，既然是"码字儿"的，就要把字码好，譬如画写意画，每一笔似乎都是不经意的，但是墨色的浓淡、笔锋的侧逆、留白的空间、总体的布局，都是十分讲究的，一个败笔都会影响全局。

早期的作品是一种单纯的颜色。新鲜，而又纯粹。自以为是美丽的。因为纯粹，所以强烈；因为强烈，所以刺激。那一种纯粹而强烈的感情是最容易引起别人一掬感动之泪的，还真是这样。《请收下这束鲜花》《河两岸是生命之树》就因为单纯得特别，所以被许多人接受了，那时，我把这种接受看得很重。

慢慢地，感觉到了中间色的神秘与迷人。那些迟到的流行色都是中间色。铁锈红色、橄榄绿色、金棕色、银蓝色……色与色之间的过渡是一种高深的艺术。而一开始这种过渡也许是无意的，譬如我们画油画的时候，钴蓝和钴黄偶然碰到一起，忽然变成了一种说不出的绿，既不是翠绿墨绿，也不是碧绿苹果绿，那样的绿色非常神秘，仿佛只要细细地看，便能从中看出数不清的颜色似的。于是又想起歌德的《色彩论》。歌德久久地看着一位红衣女郎，而女郎起身走后，她身后的白色墙壁上却留下了一片美丽的海水绿色……那便是"补色"。在绘画中，补色原理十分神秘，而在写作中，为什么不能运用补色呢？

从《对一个精神病患者的调查》到《双鱼星座》《迷幻花园》等等，便是中间色的作品，本来并不是要刻意追求什么，偶然有些想法交叉了，便构成了新的色彩，变成了多义性，变成了一种说不清道不明的东西。那是一种最让电子时代恼火的多义性，这种模糊和多义是最不可模仿不可"克隆"的，因此在这个复制的、代用品的时代，成了孤家寡人，遭人痛恨。

但我并不想就此止步，在正在写的小说里，我在尝试神秘的补色。不是刻意，刻意就没意思了。复杂到了极致便成为简单，单纯的墨可以分出五色，每一个字都可以达到意外的效果。

写作，是意外的不可言喻的色彩。

电视

我调到中央电视台搞电视剧，出乎许多人意料，也出乎我自己的意料。

说来惭愧，我喜欢上电视是因为最最庸俗的原因——我喜欢看那些美丽的时装，以及时装中包裹着的美丽的异国女性。什么《女奴》《诽谤》《卞卡》……我那时一集不落，朋友们对我执迷于如此低档次的东西大惑不解，我却坚持着看女明星们不断变化的行头，那些俗艳的色彩，热热闹闹的大红大绿，都让我觉着大饱眼福。

影视的画面，很早便吸引着我，1986 年《弧光》开机仪式在密云水库，三九天，水面结了很厚的冰。拍的是影片最后一个镜头：人声鼎沸的冰场。男主人公的目光追逐着女主人公，寻找到的却是一个外形酷似女主人公的女孩。为了增加声势，用卡车拉来了许多群众演员，每人劳务费只有两块钱，但大家兴高采烈，可能都和我一样想满足一下好奇心吧。那天是航拍。当直升机降到不能再低时，卷起一阵大风，呼啦啦倒了一片彩色遮阳棚，大家一片惊呼。后来镜头中的那些遮阳棚实际上都是趴着的，只不过因为俯视角度看不出来而已。旁边一位老影人哼唧着说：“第五代真能折腾，连航拍都敢玩！”待到毛片出来之后，和导演一起看片子，直到结束，心中还在不断地怀疑，这是不是我写的那个《弧光》？然后想起陈凯歌让原作、编剧阿城看《孩子王》时阿城的回答，他说，我拉的屎我就不看了。

影视的画面，永远与编剧的想法南辕北辙。

美国

对美国的印象是蔚蓝色。闭上眼睛想起的美国,不是科罗拉多和杨百翰,不是宾夕法尼亚和纽约,甚至不是夏威夷,而是马里兰大学圣玛丽学院的那一口小湖。那种丝绒一般的蔚蓝。还有大风天里的白色帆船。

在我眼里,这座小小的学院远胜过宾州大学那样的“巨无霸”。它坐落在一座小山上,山上是树林,在1996年的春天,树林中开满了许多不知名的花朵,空气清冽新鲜得令人不忍离去。那种美丽,让人忽视这是一个被神雪藏着的地方,空谷绝音,遗世孤立。那天风很大,被校方指定陪我的一个黑人女学生说:“风太大了,不然我们可以玩帆船。”——可我明天就要离开了,不顾她的反对,我一个人走到湖边。在帆船租借处,这个学校义务服务的学生异口同声地说:“在这样刮风的日子,玩帆船太危险了。”于是我告诉他们我来自中国,明天就要去弗吉尼亚了,我非常喜欢这里,非常想体验一下在风中玩帆船的感觉。这些话我都是用蹩脚的英语说的,但是他们看来是完全懂了。有一个男孩,我现在闭上眼睛就能想得起他,他长得很像英国年轻的球星贝克汉姆,也是那么贵族,那么阳光灿烂的样子,他向我笑笑说:“如果你不介意,我愿意陪你玩帆船。”我只怔了几秒钟,就立即向他道谢,生怕他再改主意。

我们两个,我和他——一个陌生的美国男孩,一分钟前还不认识,可现在成了休戚与共的同伴。他看来是个玩帆船的行家,几下子就把帆鼓得满满的。转瞬间我们已经离岸很远了。天和湖都是那种蔚蓝,那种贵族气十足、不含一丝杂质的蔚蓝,风很大,越来越大,鼓得满满的帆像是一弯拉足了的弓弦,银色的,耀得人眼痛。

我们的小船在风浪中颠簸着，回想起来真是惊心动魄！湖水把我们全身都浇透了，但是他那么从容，没有一点点胆怯。大风把他的金发高高掀起，逆光下他的金发一根根过滤成一片透明的云雾，还有他的白牙齿，美极了，他在笑，他笑着对我说了嘀里嘟噜的一串英语，我没听明白，他又一个单词一个单词地说，我终于懂了，他说的是“挪亚方舟”。

天哪，他说的是挪亚方舟！我听懂了，不知为什么就想流泪。我想起很久以前，好像有一辈子那么久了，一个遥远的女孩——一个幻想过挪亚方舟的女孩。忽然觉得这一切都不是真实，都是我的幻觉，但是那个陌生的男孩向我笑着，那是从心里发出来的笑，在阳光下特别灿烂。有多久我已经不会这么笑了？

上帝的弃儿最好不要与上帝的宠儿相遇，不然，已经忘记了的，已经麻木了的，会忽然洞穿漫长的岁月，燃烧起来，本来你以为已经是灰烬的地方，又烧起了熊熊大火，大火与阳光湖水滚动在一起，滚成了一片蔚蓝，在这个被神雪藏过的地方，火焰烧过之后就成了澄明的湖水，那么安静，所有的声音都向远方退去，虚空如画。

一生也许只有一次的蔚蓝色啊！

休闲

前些年看法国电影回顾展，记得有一部电影叫作《资产阶级审慎的魅力》，内容是什么已记不大清了，题目却记得牢牢的。用“审慎的魅力”这个怪怪的定语来形容我的休闲方式，竟是十分贴切。

有好些日子没有找到那种安静而单纯的快乐了，居所的周围似乎永远在施工，污染、噪音、拥挤的车辆和人群渐渐把我的空间挤压得越来越小，独自一人写作的时候，常常感到一种莫名的压迫和侵蚀,觉得自己和自己的蜗居犹如汪洋中的挪亚方舟,是否会颠覆完全要靠上帝的意旨,而个人是无法左右的。

终于有一天,小憩醒来,到报摊上买报纸,忽然发现楼前的树和草坪绿得特别,那是一种金绿色,是新鲜的阳光照在新鲜的植物上的感觉。那一片金色的绿就像莫罗油画里莎乐美戴的金绿色宝石一样,透明,而又神秘,荡漾着一种潮湿的让人感觉到膨胀的气息。有多久没有这样的赏心悦目了啊!于是在草坪的石凳上坐了下来,看报纸。照在身上的阳光又新鲜又暖和,拿着报纸的手指泛着淡淡的绿色——我知道自己是笼罩在绿荫下的,报纸成了道具,反复地看,为了在石凳上坐得更久些,在那一片新鲜而浓烈的金绿色里,我的心静如止水。

从此之后,这便成了每天的节目。好在报纸是每天都要买的。周一和周四的《足球》报,周二的《中国足球报》,周三的《体坛周报》,周五的《足球风》以及什么《体育文摘》《当代体育》等等,清一色的足球消息。我喜欢足球,喜欢李金羽那灿烂的笑容,那是从心里发出来的、没有任何矫饰的笑,就像那个美国男孩一样的,我不知他能把这笑容保持多久,更不知道中国足球是不是能为世纪末的色彩平添一道亮色。

偶尔也抬眼看一看遥远的街市,那些日益增多的交通工具,在路口拐角处,不得不增设了一道红绿灯,但就是这样也阻挡不住那些爆满的车流人流,用横行霸道蛮不讲理的姿态,塑造出一个又一个人为的街景,美丽而火爆。但那是一种与我不相干的美丽。我知道自己只能把目光收拢来,感受这一小片珍贵的绿色,在这个日益现代化的城市里,这真是一种近似奢侈的享受了。

就在《足球》报以醒目的大标题赫然印出“李金羽头槌定音”的那一天,我的绿地也赫然被挖出一道壕沟。我知道,我的具有

“审慎的魅力”的休闲方式就要结束了。施工的工地终于攻进了我最后的停泊地，下一步，或许就是砍掉那些亭亭如盖的树，搭起工棚，扬起一片钢筋混凝土的粉尘，与街道上的含铅汽油混为一体。

天空的颜色已经很不单纯了，夜晚极少能够看见星星。不久之后，那一小片硕果仅存的金绿色也要消失——起码要蒙上一层灰，才好与这个城市的其他颜色协调。唯一的办法是，趁它还没有彻底消失的时候，抓紧享受，于是这两天休闲的时间骤然多了起来，每天下午 4 点来钟的时候，一定有一个古怪女人坐在绿地边的石凳上，没完没了地看报纸，直看到夕阳西下，薄暮降临。

那一片豪华的金绿色是在有太阳的时候才出现的，最好是在雨后，农历五月的日子，并且没有风。

往事琐忆

吃

最早的关于吃的记忆是在交通大学的那间平房里。傍晚，一缕阳光斜斜地照进来，妈妈把她嚼碎的炸馒头喂给我——现在想想也要恶心，那时却吃得又香又甜。若干年后我偶然看见一只母鸽子喂小鸽子的情形，也是同样的方法，不过小鸽子是一群，而且特别主动，那母鸽子的嘴被撕得鲜血淋漓，令人感叹母爱的伟大。

小时候口味倒是不高。喜欢吃炸馒头和煎鸡蛋，特别是那种溏心蛋，稀稀的蛋黄被薄薄的一层蛋清透明地遮蔽着，只消用嘴一嘬便可把蛋黄吸入口中，那一种特殊的香味令人回味无穷——至今我仍喜欢吃溏心蛋，虽然报纸上一再警告半熟的蛋不符合卫生要求。

再就是白馒头蘸花生酱，百吃不厌。那时的花生酱味很醇正，加上自家蒸的白馒头，热腾腾的，一顿能吃一两个，人便也长得像白面馒头似的。后来的花生酱越来越变味了，现在终于连购货证上的每月二两也不见踪影。但据说仍有正宗的花生酱存在，不过是价钱比那时高出十几倍而已。

那时的价钱实在低得惊人。新鲜黄花鱼只要三四毛一斤，且有人送货上门。那人叫老于(不知是不是这个“于”字，但我想可能不是卖鱼的“鱼”)，按现在说法大约是个体鱼贩子，每隔一两天总要搞些鲜鱼来卖。我家祖籍湖北，有吃鱼的传统，外婆又是做鱼高手，因此我在六七岁之前没断过吃鱼。尤其爱吃鱼眼。小时候我的眼睛比一般小孩的更明亮，外婆便说是因了爱吃鱼眼的缘故。也怪，从不注意保护眼睛，几十年如一日地在昏暗的灯光下躺着看书，视力却永远是1.5，戴眼镜不过因为感光组织过于敏感——这样的眼睛让人害怕，好像除童年爱吃鱼眼之外别无解释。

最想去的是广济寺的“居士林”。外婆是佛教徒，一个月总要去做两次佛事。对于我们来说，那真是快乐无比的日子。因为佛事之后便是素斋。无非是些素鱼素肉素鸡之类，统统都是豆制品，但做得精致，且因小孩们总是吃别人的东西香，所以姊妹们想起那素斋便馋涎欲滴。到了三年困难时期，每每为此争得打架——因为外婆每次只能携带一人，自然大姐被优先考虑，我和二姐则败北下来，一个吼声震天，一个哭声动地。

三年困难时期期间平添了许多票证，包括“高级点心票”。所以那时有“高级点心高级糖，高级老太太上茅房”一类的童谣，显示了吃不起高级点心的孩子对吃得起高级点心的孩子的仇视和轻蔑。按照父亲的职称，自然也享有高级点心票。但家里僧多粥少，总是不够分。现在没人理睬的玫瑰酥皮点心那时也是俏货。只有一次香甜地吃足了马蹄酥，并为此生了一场病。病中，妈妈和外婆轮番回忆起她们当年爱吃的东西，让我忽然觉得世界是那么美好，竟然有那么多我从没吃过，并且完全无法想象的东西。譬如妈妈说，她小时候爱吃一种叫作“羊角蜜”的点心，咬一口，蜜汁便顺嘴流。外婆当然更加博大精深——她年轻时曾掌管着一个大家族——仍能准确无误地报出许多菜名及其做法。而且因为外公过去在铁路上做事，有一些洋人朋友，外婆甚至懂得一点西餐，譬如汉堡牛排、罗宋汤什么的。后来我忽然惊奇地发现妈妈外婆和我一样喜欢画饼充饥——人类自欺的本能无处不在——她们在谈吃的时候眼睛闪闪发光一点儿也不亚于我眼中的光芒，这种谈话最后总是在长叹一声中结束，然后眼中的光便熄灭了。在外婆，还一定要有一个撇嘴的动作，伴随着一声："哼，现在！"每逢这时父亲也要重重地哼一声，以表示对外婆不满的不满。他是坚信社会主义必定胜利，共产主义必定来到的。

自此我竟很喜欢生病。喜欢在病中咀嚼那些想象中的美味。应该说，困难时期的影响对我家来说并不大。不过是有时在白面里裹上棒子面，名字也起得很好听，叫作"金裹银"。偶然地，也和邻家小朋友一起去采槐花、摘榆钱儿什么的，也吃过榆钱儿蒸的饭、马齿苋包的饺子，不过像是调换口味而已，终归没有觉得厌烦。隔壁同岁的男孩小乖却没有我这么好的运气，每天都要去挖野菜，有时还能挖到蘑菇——不过大多数时候挖到的只是一种像蘑菇的东西，叫作"狗尿苔"。

然而比起东北兵团来，这一切也就算不得什么了。在兵团五年，只吃过一次米饭炒菜。那是在刚去的时候，连里开恩放了一天假，于是大家纷纷去德都县城照相，中午就在那儿找了个饭馆。东北的大米一粒粒的，透明而香糯，口感特别好，吃这样的米简直不需要什么菜。那菜不过是肉片青椒和酸菜豆腐，都切得像东北的一切那样硕大，我们在苍蝇的嗡嗡声中嘬完了最后一口汤——那一种回味整整延续了五年之久。连队的伙食永远是菜汤馒头。有时因为伙房打夜班碰翻了煤油灯，菜汤里便充溢着煤油味。馒头常常是发了芽的麦面，又黑又黏。实在打熬不住只好装一回病，吃一碗病号饭过过瘾。所谓病号饭，不过是擀点面条用酱油一煮，加点葱花味精而已，但在那时却是我们的佳肴了。

自然也有打牙祭的时候。有一回家里寄来了腊肉，正巧有黄豆和土豆,就把土豆用灶灰烤了,满满地煮了一锅腊肉黄豆汤。七八个人围在火炉边,每人手中拿一把小勺,加了酱油膏和味精,当第一层鲜亮的油珠浮起来的时候,勺便纷纷落下去,这一下,宁肯舌尖烫起泡也不再撇嘴了。这样的夜晚常常停电。灯光骤灭。窗外的冰雪便一下子变得很亮。有很蓝很蓝的雪花悠悠地落下。嘴里仍荡着腊肉的余香,整个人变得软软的很容易出现幻觉。于是大家开始在黑暗中讲故事,讲各种美好和恐怖的故事。后来,火熄灭了,故事也讲完了。就仰头看天花板上一串串的冰挂,在黑暗中可以把它们想象成水晶玻璃大吊灯,就像人民大会堂宴会厅里那样的。

二十多年过去了。这样的故事以后不知是不是还会再有,但肯定有别的故事继续着。各地的风味菜实在吃得不多,能吃中的就更少了。大学期间去过一次上海,曾经为城隍庙的小吃着迷,但日子一长,什么也没留下。倒是 1984 年去厦门吃中了那里的肉燕汤。所谓肉燕汤,是将瘦肉剁成细末,用雪白的豆皮卷起来,烧菜、做汤都浓浓的,十分鲜美。朋友们特意送我一些带回,却无论如何做不出那种味道来。1986 年去武汉,有湖北朋友介绍三种风味:四季美汤包,老桐城豆皮,小桃园煨汤。果然不错。尤其是小桃园的鸡汤,用一个个小瓦罐煨成,真正原汁原味,纯白得像奶,喝起来浓香扑鼻,回味悠长。豆皮也好。只有汤包因油汁过多,分不出甲鱼馅还是香菇馅的了,味道一律鲜美而已。前年去西北,发现发菜是一样好东西,便买了一包回来,却不知怎样吃,仍在那里放着。人说"吃在广州",近几年更是听说广东人"长腿儿的除了桌子椅子不吃,带毛儿的除了鸡毛掸子不吃",连娃娃鱼等自然保护动物都敢招呼,真可谓"登峰造极"了——只盼他们别把珍奇动物斩尽杀绝。不过我去广东却没能吃上什么。只在深圳吃了几次鱼粥,因为价

Xiaobin
2014.1.28

钱奇贵，已经觉得很奢侈了。最实惠的倒是那次去成都吃的川味火锅。什么黄鳝、泥鳅、毛肚、百叶、猪脑等统统涮将进去，最神奇的是那种调料，简直是鲜香可口的“厨房杀手”，能活活让人吃得撑死也放不下筷子的。我几次问起那调料的配方，主人们都神秘地搪塞着，最后露了一点口风，说是其中掺了罂粟，因此吃了以后会上瘾的。其主人们倒是多虑了，当时就是有人当众在锅子里撇下毒药也不会败坏老饕们的食欲——“过把瘾就死”，值得！

不知从何时始，大家的嘴越吃越刁。各种饭局以各种名目存在着，且规格越来越高。最后终于物极必反有了“四菜一汤”的规定。但菜少也有菜少的吃法：基围虾、铁板鹿肉、红烧鲍鱼、扒熊掌、鱼翅汤也是四菜一汤。不过吃多了，吊人胃口的美味也会变得味同嚼蜡。于是美食先锋派们又开始返璞归真，什么扎啤、二锅头，什么粉条炖猪肉等等又成为一种时髦，犹如西方贵族们开口便是“water”一般，透着身份的不凡。有一位经理朋友请吃粤菜，三个人叫了十几个菜，自己只吃一小碗鱼翅汤，当然，是一百四十五元一碗的。我猜他的胃大概已经接近凝固，只有液体才能渗进去了。

丈夫出国半年，回到家中，我用一碗清汤面接风。他几口吞下，连叫好吃，说是半年没吃过可口的饭菜。我对这种说法却深表怀疑。直到前不久有一次一起出去买东西，中午在王府井的麦当劳吃快餐。倒真是快，且又干净舒适，只是口味实在不习惯。丈夫要了巨无霸、麦香鸡、炸土豆条、热巧克力和菠萝冰淇淋。麦香鸡是女士吃的，秀气些，看着倒是很漂亮，新鲜面包里夹着浅粉的炸鸡肉饼，碧绿的酸黄瓜，嫩黄的生菜，雪白的奶油，连上面的芝麻也透着新鲜干净，及至一吃，却吃出一股怪味，提出质疑之后，丈夫肯定地答复我说，据他在美半载之经验，这确是地道的美式快餐，与美国本土所吃一般无二。只好又换来巨无霸，又觉得有股膻味。

喝口热饮还有酒味，于是大呼上当。丈夫幸灾乐祸地说，看来你只适合在国内生活，你就老老实实待着吧！最后我只好吃冰淇淋。美国的冰淇淋确实很好吃。

后来侍者换了一支曲子，是小提琴曲，冷冷清清地流动着。我和丈夫都不再说话。透过剔花的窗帘可以看到大街上熙熙攘攘的人群。防寒服构成一块块鲜艳的颜色。不知为什么忽然想起许多年前生病躺在床上的时候，那时头一回听说世界上有一种叫作汉堡牛排的美味。现在真的不知道什么叫作美味了。我相信吃遍世界也不会再有比那一锅腊肉黄豆汤更好吃的东西。那一个冬天的晚上，有蓝的雪花静静地飘落。

穿

十七岁之后便没让家里买过衣裳。

说起来很骄傲的，其实也有种隐隐的心酸。比起那些受母亲宠爱的孩子，我似乎一直是个不受待见的“辛德莱拉”。妈妈最后一次带我买衣裳，是在我去东北兵团的前一个礼拜。像是生离死别似的，家里忽然对我慷慨起来，使人想起当年武都头在死囚牢里忽然得了一顿好酒菜款待。我却缺乏他“临死也要做个饱鬼”的气魄，眼睛瞟着那时最昂贵的宽条绒，手却只敢怯怯地指向价钱最低廉的那一片。虽然价廉，却力求物美。加上还有一点私心：在蓝蚁之国中悄悄显出一点特色，既不能被人骂，又要与众不同，这便十分地难了。

几件衣裳竟买得十分可心，加起来不到二十元钱。两件衬衫，一件白底银灰条纹，一件雪青色带蓝、绿、黑三色图案，自然都是布的，雪青色那件大概还是三寸布票一尺的布。最喜欢的是那件线呢两用衫：有黑、白、蓝三色的小格子，都是凸起来的，在那个时代，这也算是很奢华的了。因为有了这几件衣裳，悲伤的心情也退去了几分似的。五年之后，除了雪青色衬衣在夏锄时被汗水泡糟了之外，其他衣裳都完好无损。

从不固定地偏爱某一种颜色。很小的时候，因为一件豆青色核桃呢的罩衫十分漂亮，便很长时间都喜欢豆青色，而且还要那种凹凸不平的手感。特别喜欢母亲年轻时穿的那些旗袍。有一件梨黄色乔其纱的，上面散散碎碎绣着鲜红套银边的小六角形，像一颗颗红宝石闪闪发光。有一件西洋红的，是软缎毛葛，上面绣了珠灰和淡青的兰草，那一种柔和婉妙的色调，真是别有一番味道。又有一件纯丝的，是白、黑、蓝、绿四种提花，据说是母亲婚前做的。母亲家先前是个大家族，因为战乱和别的缘故，败落了。但所谓“船破有底”，破箱子里仍留着几件衣裳首饰，于是“倒箱子”便成为我们姊妹童年时的一件乐事。自然也要试穿一回的——趁母亲高兴的时候。只是那时穿着十分地不合适，就是大姐穿也要长及脚面，于是只好站在床上穿，胸前再满满地塞上两块手绢，便自以为漂亮得像公主了。

说起来小时候倒是常常做公主、王后一类的游戏，组织者是隔壁的一个大女孩，我们唤她作“七姐”的。她很能干。大院里二三十个孩子她能招之即来，挥之即去。不知为什么她每每定我为公主，我倒是很乐于当。因为可以戴七姐家的漂亮首饰，包括一种十分精致的骨质手镯和沉甸甸的玉石项链。七姐还要亲自为我梳头——梳十七根辫子，大约扮的是阿拉伯公主，然后所有的女孩子都化了妆，轰轰烈烈地拥着我，从少年之家一直走到靶场。我们这种壮举连大人们也爱看的——那是60年代初的事。

七姐家自然也是大户，也有些库存的。七姐的母亲宗太太也很不俗——那时母亲她们仍然互称太太，都是一些家庭知识妇女。有一位钱太太虽然嫁的是二级教授，但因为没有学历，而且过去做过舞女，大家便瞧她不起。当时我最喜欢的是一位做绢人的张太太，她的先生是那时交大图书馆的馆长。她念过大学，却一点没有学究气，十分地文雅，又待人和气，做的绢人精妙异常，是专门供出口的，后来我无论在哪儿也没见过那样的绢人。有段时间我常常去她家学画，每次都是一盘小点心，间或还要弄些莲子羹之类的，还总是怕怠慢了我——她好像总是小心翼翼地对待任何人。她的服饰总是美得意外。譬如一件黑丝绒旗袍，领口上一定要有一枚水晶饰针；米色东方绸大襟外罩就要配上黑底红花丝质披肩；夏天常穿一套白色麻纱衫裤，那种半透明的白穿在谁身上也要脏，她穿着却是纤尘不染。配上那张秀美的化着淡妆的脸，很有一种特殊的韵味。所以小时候我一见到张太太，便盼着自己快快地长。这大概便是我最早的资产阶级思想了，不过即使在“斗私批修”的高潮中我也没把它亮出来说给人听。

母亲年轻时偶尔也装扮一下，总归没有旧照片上的漂亮。等到“文化大革命”，就更素气了。旧照片也被大姐铰碎从下水道冲走。张太太被抄了家，第二天便投河自尽了。据说抄出了钻戒和紫貂。奇怪的是当时人们都很麻木，这样的消息一点不能引起轰动。外婆急忙把镀金佛像收了起来。其实据我观察，革命的大姐未必会将这些物什上交。

后来发生的一些事果然证实了我的推测。十七岁那一年从兵团回家探亲，正当“花季”，市面上却仍是一片萧瑟。好不容易在王府井找到了一家益民商店，专门卖出口转内销服装的，这地方立刻成了沙漠里的绿洲。我在兵团月工资三十二元，每月七元饭费，五元零花，还要剩下二十元。寄了一些给家里，手上还剩了百十来块，也算是当时同龄人中的“大款”了，便毫不吝惜地花在穿上。先是花九块多买了一件的确良花衬衫，淡绿上有古铜色细致图案的，众人都说好。紧接着又买一件长丝的确良绣花短衫，商标上俨然绣着“精工巧制”和“Made in China”，十四块钱，因为太奢侈，只好把它锁进柜子里。直到1978年上大学的时候才拿出来穿，依然很显眼。后来又有一件毛衣，浅黄的，袖口和下摆有同样的咖啡色大花，在那个年代该算是非常特殊的了。好像是二十多块钱，我在柜台前转来转去，心痒难熬。终于没有舍得买，却又忍不住对邻家的女孩说了。谁知那女孩倒是个有心人，悄悄买了来。终于我在十八岁生日那一天，得到这样一件珍贵的礼物。那时买的衣裳结实得奇怪，怎么穿也穿不坏。一直到去年，才给了做小时工的阿姨，还像刚买了一个月似的。最后一回去益民商店，是在1976年大地震之后。当时都在外面摆摊卖衣服，且一般都是一次性甩卖，价钱低得惊人。有件黑色连衣呢裙，镶威尼斯大花边的，只卖八块八毛钱，因售货员说我穿可能会小，略一踌躇的工夫，便被另一女士抢走，为此我后悔了好长时间。但当机立断亦有后患——有几件衣服便是不顾后果蜂拥抢来的，后来实在是穿不出来。又重新改造设计过，依然无效，只好送了人。还有一件黑色女士呢斜裙，腰太细而下摆太宽，还很容易沾毛，之所以决定买，完全是因为那售货小姐的妩媚笑脸。所以丈夫讥我若去了西方肯定会破产——那裙子还在箱子里搁着，送都送不出去。

时装和流行色不知什么时候开始涌了进来。头一回看皮尔·卡丹设计的时装，还真有点儿看不惯那些光头皮的塑形模特。许多人的审美趣味接受了严峻的考验。过去有“红配绿，看不足”和“红配绿，赛狗屁”的说法，无论是“看不足”还是“赛狗屁”都是极端。中国缺乏中间色。而流行色恰恰以它非黑非白、非此非彼的色彩悄悄散发着魅力。赭石色，淡金色，橄榄绿色，银蓝色……正是色与色之间的过渡，构成了神秘的不可言说的美。

心里终归还记挂着那几件旗袍。有一次，趁着“倒箱子”的机会，怯生生地向母亲提了要求。因想着那件西洋红的实在漂亮得不敢要，便舍而求其次，要了那梨黄的，母亲答应得倒很痛快。谁知觊觎者并不止我一人。待那旗袍到我手里，已变成了一件大襟短衫。我惊得说不出话来。真不知是谁竟能狠下心来剪断如此美丽的旗袍，早知如此，我宁肯不要。面对那伤残的旗袍我哀哀地哭起来，照例被母亲视为乖戾。后来才知道，原来大姐已抢先要了西洋红旗袍并剪去梨黄色的一半——那时她已去了三线工厂，已经对当初“破四旧”的行为表示悔恨了。

为了补偿，母亲又将那件丝旗袍给了我。如同捏了一团火似的，把旗袍收进箱子里，心里仍装着“西洋红情结”。直到几年后朋友从上海给我带来一件真丝双绉的衣料，那颜色恰恰合了梦中的西洋红，做成一件连衣裙之后效果却并不怎样好，洗了几水之后就更差了。从此不再想这种颜色。至于那件丝旗袍，直到结婚之后才穿过一回，丈夫却并不认为太好，且领口已经小了，只好用一枚领针别起来，到底没有张太太那般的风韵。

玩

如今“玩”的含义比任何字眼都广。玩政治玩文学玩股票玩房地产什么都可以一“玩”以蔽之，玩可以掩饰一切目的，且透着轻松洒脱。

而“玩”字本来的意义却很单纯——我正是从这单纯的意义上来谈玩的。

一听大人说声“玩去吧”,哪一个小孩不像过年似的？小时候,特别是弟弟尚未出生的那几年,我可以说是嗜玩如命。最好玩的地方自然是“下坡”。交通大学幼儿园再往东有一个约四十五度的斜坡,下去之后便能看见几排平房,平房前有一条小河,河边的青苔显出森森细细的美,常有白鸭在河上游。沿河往西去,是一片未开垦的处女地。那里荒草没顶,野花盛开,是我童年时代的乐园。

从闻到春的气息开始,这片荒草甸子便喧腾起来。夏天则是这里的极盛时代,整个大院的孩子们好像都集中到了这儿。有用网子粘蜻蜓的,有采野花、采麻果的,有捉迷藏的,有逮昆虫的,还有捡矿石的……三伏天的大中午,不动弹还出汗呢。就那么汗水滴滴地在荒草丛中穿梭似的跑,在震耳欲聋的蝉鸣声中,嗅着野麻果的气味。到了夜晚,这里更是美得奇特:萤火虫在草叶间闪着蓝幽幽的光,纺织娘低吟着,寂静中流动着神秘。我们拿着火柴盒跑来跑去捕捉着蓝色的光点,光脚丫儿被露水浸得凉津津的。

说到气味,我有个发现:四季似乎都有它们独特的气味。夏天的傍晚更是有一种气味勾着孩子往外跑。小的时候我无数次地感受到了,却说不出来。那是一种饱和得快要爆裂的东西,犹如吹得透明的玻璃泡,不,它是柔软的、暖融融的,不断地膨胀着,紧紧地包围着你,让你不断地吻着它,于是你周身发胀,没法儿坐在家里乖乖地吃饭,只想浸泡在那种气味中慢慢发酵直到自己也化成同样的气体。

“我们要求一个人哪,我们要求一个人……你们要求什么人哪,你们要求什么人？……”

“卖蒜哩,什么蒜？青皮萝卜紫皮蒜……”

“锯锅锯碗锯大缸,缸里有个小姑娘,十几啦？十五啦,再待一年就娶啦!”

“一网不捞鱼，二网不捞鱼，三网捞个小尾巴尾巴尾巴……鱼！”

每到夏夜，这样的歌谣便此起彼伏，融化在那种特殊的气味里，变为更大的诱惑……

奇怪的是做这种游戏的时候我每每会输。比方说，我总是莫名其妙地被人当作“小尾巴鱼”捞住，无论怎样也难逃“法网”。说“再待一年就娶啦”的时候，需要事先迅速地找好搭档，我却常常被大家忽然抛弃，变为嫁不出去的“小姑娘”。所以从小我便有一种“怕输”的心理，越是怕输越要输，最后真的到了三十岁才嫁。

但是在有些方面我的胆子又大得出奇。譬如说，爬树、爬墙、偷花之类。春秋之际，特别是春天，交大的整个校园都姹紫嫣红起来。榆叶梅、干枝梅、桃花、杏花、梨花、丁香、迎春……甚至牡丹芍药，枝枝火爆。每当月亮出来的时候，我和邻家的女孩玲玲便悄悄踱到校园里，见到好花便悄悄采一枝，最后集得一束插进自家的花瓶中。不过这是要冒极大风险的。首先是两道门岗，有时校卫队还要夜间巡逻。有一回掐梨花正好碰上巡逻队，我俩不约而同地各自爬上一棵梨树，也许是因为太紧张的缘故，一枝梨花恰巧落在一位师傅的脚边。我吓得气也不敢喘，那一分钟好像持续了一个世纪——终于，没有发生什么。雪白的梨花在月色中有一种温柔敦厚的感觉，回家后在灯下则是透明的，而且靠近根部的花瓣透出一种淡淡的绿，所以看上去像是玉石的杰作，又有一种玉石所没有的香气，静静地在屋中弥漫开来。不过赏花已照例不是我的事，我的全部乐趣都在那历险之中，当然，回家之后还往往难逃一顿臭骂。但那花的美遮蔽了一切，很快大家便陶醉在那香气之中而不再追究我的罪行。

特别喜欢下雨，喜欢看雨后的虹，更喜欢捡雨后的石子。那时的交大还没有柏油路，路上的石子便被冲刷得流光溢彩。一群群穿开裆裤的小屁股撅得像白蘑菇似的，每个人手中都拿着个小玻璃瓶，石子装进去用水泡起来，果然很好看。有时甚至能捡到矿石。姐姐便捡过水晶和云母，我也拾到过一种闪闪发光的石头，大家都说是金矿，我便用玻璃盒子装了做“标本”，后来终于不知去向。

上学之后女孩们都爱玩跳皮筋。跳皮筋时唱的歌谣也有一番历史的演变。姐姐那一茬人唱的是：小皮球，我会跳，“三反”运动我知道，反贪污，反浪费，官僚主义也反对！而到了我们，则变成：小皮球，香蕉梨，马莲开花二十一，二五六，二五七，二八二九三十一！这个歌谣唱了很长时间，并行不悖的还有：党中央发布总路线，全国人民总动员，鼓足干劲争上游，多快好省加油干，我们要做促进派，最响亮的口号是干干干，干！……更有用电影插曲套的：一束红花照碧海，一团火焰出水来，珊瑚树红春常在，风波浪里把花开……无论套用什么样的歌谣，女孩们都跳得兴致勃勃，即使在冬日的寒风中，女孩们也像翻飞的树叶似的活泼地飞舞——那时的衣着确实很朴素，因此不能用什么特别鲜艳的物质来形容。

“文化大革命”对于许多人来说是一场噩梦，可对于我们这些当时的小学生来说，则充满了一段稀里糊涂的美好回忆。首先是“停课闹革命”，这消息令我们欢欣鼓舞。起先还关心着国家大事，诸如骑车上各大专院校看大字报之类，也曾随大孩子们一起破过一天“四旧”，后来新鲜劲儿过去了，终于不耐，便玩开了，一玩就是两年。那一天“破四旧”是在对门赵太太家。赵先生是二级教授，赵太太又很会为人，因此平时很受尊重的。那一天进得门去，本来小将们很有气势，不想有人太急于建功立业，没看清楚便上去一把撕了一张彩色画像——那人身着帅服，浓眉细目，大家定睛一看，竟是堂堂林副统帅，顿时小将们矮了半截。赵太太轻描淡写地说了几句，反守为攻，小将们军心已乱，不再恋战，赵太太见好就收，及时鸣金收军，双方都很体面。我们这些小萝卜头见“破四旧”十分无趣，便不再加入战斗。

那时主要玩一种“攻城”游戏。在地面上画好方格，方格核心是一圆圈，A 方守城，B 方便攻城，武器是一装着小石子的布包。B 方如能绕过 A 方防守将包扔至圆圈内，B 方赢；如 B 方三次机会均失，也就是说，A 方三次防守有效，则 A 方赢，双方互换。这游戏玩起来很令人着迷。我却仍然是输。后来发现凡是有规则的游戏我一般都输，却比较擅长某些带有冒险性质的创造性活动，大约智力发展很不全面。另外仍常常去“下坡”，那里的荒草园早已变为一片绿地，夏天的夜晚再没有萤火虫飞来飞去，但那条小河仍在。尽管河水不再清亮，也没有白鸭浮游，雨后却还可以拦鱼拦虾——是极小的鱼虾，可以养，也可以吃。用面粉拌了炸成丸子，蘸上盐和胡椒粉，味道很香。

十六岁不到去了东北兵团。冬天气温常在零下四十度以下，冰天雪地，且一年四季都有活干：春天踩格子，夏天铲地，秋天割麦子，冬天做颗粒肥，没有闲下来的时候，与“玩”似乎绝缘。但第二年我便想出了新玩法：秋收时可以把马号的马牵来捧场，于是我便借此机会天天牵马。日子一久，诸马都与我相熟起来，尤其是一匹瞎了一只眼的马格外老实。我便趁着午休时间悄悄把独眼马牵到最辽阔的八号地，企图从骑它伊始，最后达到纵横驰骋的境界。谁知一开始便惨遭失败：我好不容易踩着一块石头翻身上马，后面便忽然雷鸣也似的大吼一声：“干什么哪？给我下来！”我全身一抖，棉胶鞋正踢在马屁股上，独眼马疯了似的狂奔起来，我在颠得骨软筋麻之后被毫不犹豫地甩将出去，那一刹那真的有天地倒悬之感。

第二天,连长在全连会上大吼大叫:“连里三令五申不让骑马,可偏偏就有人违反规定!还是个丫头!平时看着蔫不出溜儿的,敢情蔫儿人出豹子!蔫萝卜辣心儿!”

真是“创伤深重欲笑不能,年龄不小不便再哭”。玩的历史遂中断。

直到去年,家里买了游戏机,原是陪儿子玩的,谁知渐渐入迷,自己也非常投入起来。《魂斗罗》能玩到出一身汗,和儿子互相拍着肩膀大叫“好兄弟”,互相埋怨起来更是遭到丈夫的讥笑:这哪像母子,分明是姐弟俩!终于无奈地发现七岁的儿子的反应要快于我。当然,他也常常耍赖皮,譬如玩《赤色要塞》时,开花雷都在固定位置上放着,谁吃了谁的子弹便增加杀伤力。他便不管怎样,一律不让我吃,并且在双人对抗的游戏中儿子有个不成文的规定,那就是我只能输不能赢,否则便要闹将起来。我只好为了和平共处而采取绥靖政策。想想童年时越怕输越要输,现在总算没有怕输心理了,却又要被迫输掉,真真这辈子没有做胜者的指望了。大约自古来的游戏便有两种:一是讲究游戏规则;二是成者王侯败者寇,只要赢,不择方法手段。我想,如果有人能把这两者结合起来便该是高手了。可惜我不能,看儿子的吧。

佛事

过去老人常说,小孩儿的魂儿是飘忽的、不固定的,会常常被莫名其妙地吓坏,所谓“魂不附体”是也。故而有了给小孩儿“叫魂儿”一说。六岁那年,我也曾有过那么一回劫难,吓坏我的,竟是大慈大悲的佛祖。

外婆是个虔诚的佛教徒。小时候,我和她同住一间房,每天在龙涎香的气味和木鱼的音响中沉沉入睡。一切都是那样神秘。尤其让我好奇的,是那座高大佛龛上用红布罩着的玻璃匣子。据说,佛祖释迦牟尼便端坐在里面。外婆将那佛像视同生命一般,以至我活到五六岁也不曾与佛祖有一面之缘。几次想揭开那"红盖头"看看,不知为什么心里总有点怕。

偏我小时又多病多灾,常常莫名其妙地生病,加上特别胆小好哭,性情孤僻,极不讨大人的喜欢。外婆拜佛时常说:"我在他老人家(她永远称释迦牟尼为他老人家)面前求一求,为你消灾延寿。"我却并没有因此好起来,暗暗地怀疑外婆是不是真的为我祈祷了。因为我太知道我们姊妹几个在外婆心中的座次——这大约是每个孩子与生俱来的敏感。

满六周岁的那一天外婆忽然发了慈悲,说是要带我去广济寺做法事。"求求他老人家保佑你消灾延寿。"外婆说。我心中暗喜。因为我知道法事之后照例有一餐素斋伺候。以前这种好事都是被两个姐姐垄断了的,我对此向往已久,因此那一天便早早起了床。

外婆早已梳洗完毕,用刨花水把头发抿得油光水亮,发髻上别一支雕花骨簪,利利索索一袭黑色香云纱旗袍,闪闪烁烁一对珍珠镶金耳环,衬出雪白的脸和两道线一般纤细的眉——我相信外婆年轻时定是个美人,不仅漂亮还十分精干,当时外婆虽已年逾花甲,却依然是家里的"大拿"。每天早上都是头一个起床,做早饭,然后给我们三姊妹梳头。外婆梳的头讲究得很:先用梳子,再用篦子,今儿梳盘花明儿又梳鬏儿,把我们的脑袋弄得眼花缭乱的。

那天外婆给我戴了一支福字的小红绒花,让我把颜色衣裳穿了,又用香胰子洗了三遍手,比过年过节还隆重。还没去呢,心里便有了隐隐的敬畏。

外婆利索地颠着一双小脚把我领进了广济寺。广济寺在北京西四，当时里面有个居士林，隔段时间便要做场法事。进得院门，便有几位爷爷奶奶伯伯婶婶很尊敬地同外婆打招呼，外婆也一改平时的严厉面孔而显得春风满面。大家互称“居士”，与外面“三面红旗高高飘”的喧闹俨然是两个世界。

法事开始了。因为进去得晚了，我们只在大殿靠门处找了两个蒲团。外婆向一个身披金红色袈裟的和尚作了个揖，双手捧给他一个包包。他接过去，也还了个揖，嘴里不知说了两句什么，便拿了东西到供桌那儿去了。然后外婆恭恭敬敬地跪下来。因为远，又被许多彩条屏障遮蔽着，我仍看不清佛祖的形象。何况我的兴趣并不在那儿——我完全被那一派金红色袈裟慑服了。后来，当一个老和尚扯着尖利的嗓子领经之后，所有人（除了我）一同诵起经来。有许许多多的光头在震耳欲聋的声音中有节奏地起落着，像月亮似的在那一片沉沉的金红色的霞中升起，又沉落。

好容易盼到了用素斋。陆续走进斋房，只见有一张长长的桌子，上面摆满了豆腐面筋之类，还有素鸡素鱼素肉，做得极尽精美，还未品味，便被“色、香”诱惑。我这才觉得早已饥肠辘辘。当时正值三年困难时期，父亲虽然算高工资，无奈一人养活七口，还要给老家的爷爷奶奶寄钱，生活自然清苦。何况我在家历来属于“姥姥不疼，舅舅不爱”的主儿，有好吃的也轮不上，竟有过到外面采槐花、摘榆钱儿充饥的“苦难史”。如今见了这等精致的素菜，岂有放过之理？那一个个文雅的居士都变成虎狼之状，转瞬间便将满桌饭菜席卷一空，连咸菜碟也空了。自此我方才得到做法事的真谛，心里于是也踏实多了。

如果那一天在那时结束，便会成为我终生难忘的美好记忆。谁知节外生枝，这一点记忆最终发生了质变。

当时外婆忽然来了兴致，说是领我在广济寺里转转。于是又转入一个大殿，先是看见笑眯眯的弥勒佛，然后看见一尊年轻将军似的菩萨，双手执杵，很威风的样子。外婆告诉我这菩萨名唤韦驮，是佛教里专门守卫大雄宝殿的护法神，他手里拿着的叫作降魔杵云云。说着来到另一个殿的拐角处。这里十分阴暗，阴暗中直挺挺矗立着色彩斑驳的几根柱子。柱子上结着蛛网。冷不防地，我忽然看见那蛛网之中有三尊巨佛在幽暗中俯视着我。那佛像是那样的巨大，又因年久失修变得无华无彩一片苍黑。面孔上的斑痕构成狰狞的表情，而且他们是倾斜着的，好像马上就要砸到我头上——那种狰狞的俯视对一个孩子构成一种极大的恐惧。我一下子倒退了好几步，几乎摔倒，然后哇地大哭起来。哭声一下子破坏了那庄严肃穆的氛围。外婆断喝数声无用，只得好言相哄，我却不理不睬，呜呜咽咽地直哭到家里。后来我才知道，那正中端坐的，便是我向往已久的佛祖释迦牟尼。

当天晚上我发起高烧。怪梦中似乎不断有狰狞的面孔从天而降向我身上碾压下来。迷迷糊糊地不知烧了多少时候，大约还曾说过胡话。清醒之后我看见爸爸妈妈和外婆都在我身边。外婆喜滋滋地捻着佛珠："好了好了，这下你的孽根烧断了，一定会消灾延寿的。"

几十年过去了，我大"灾"没有，小"灾"不断。至于"寿"，恐怕只有留待以后验证了。

近来偶然翻看佛教的书，才知道早期佛教是没有佛像出现的。在印度阿育王时期，表现佛的"逾城出家"不过是几个信徒向巨大的佛的足迹跪拜罢了。因为早期佛教认为佛既然是超人化的便不应有具体相貌，直到犍陀罗时期才出现了佛像。

于是心里隐隐有个不敬的想法：似乎还是早期佛教明智一些。

外婆已去了十多年。活了八十九岁，且是无疾而终。不知是不是心诚则灵的缘故。

梦境

我总觉得梦和一个人的灵性有牵连。当然,这梦不是那种"日有所思,夜有所梦"的梦。这是一些稀奇古怪的梦,是无法用白昼的想象所完成的。我总疑心每个孩子都做过这种梦,不过是人长大了,许多事便忘了,于是不再记得孩提时代的梦。

人的远古灵质一定是被欲望侵蚀掉的,于是灵质也就仅仅属于孩子。好在我的记忆很值得自豪。记得很小的时候常常重复地做同一个梦:在梦中我家的便池后侧出现了一条通道。我钻进通道,便会来到一家商店。这商店总是陈列着同一种方形蛋糕,上面印着两个踢足球的人。下面的梦境有些模糊,我记不得是怎样穿过商店忽然来到一片仙境似的乐园的。总之,呈现在我面前的是一片极美的花,每一朵花上都栖着一只极美的鸟,更确切地说是那时商店里常见的一种彩色绒鸟。这鸟不会飞,可以很容易地把它装进衣袋里。也就是在这时候,我每每要抬头看见一座巨大的牌楼。上写四个大字:极乐世界。梦总是在这一瞬间惊醒。

三十年后我对北大中文系的洪子诚教授谈及此事,他笑一笑说:"原来极乐世界藏在你们家的便池后面。"

还常做的一个怪梦是:天上乌云翻卷,乌云汇聚成一个个巨大的人头俯视着我。在一种近似绝望的处境中,忽然有两个猎人打扮的人出现在街市上,他们极其高大,腰围兽皮,我便不由自主地跟着他们走,走到哪里并不清楚,总之是摆脱困境了。这个梦,在几十年之后的第三届青创会上,我曾请广西的黄女士破译。黄女士当时极火,青年作家们众星捧月似的围绕在她周围。当时因徐星跟她私交较好，好不容易才同意接见。及至见了，很委婉地说她精神不大好，只能圆梦，不能算命，我们立即齐声应道："能够圆梦便很好了，别无奢望。"于是和我同房间的女编辑先开了口。那个梦我早已忘却，只记得当时黄女士漫然应道："你已经离了婚，现正渴慕一男性，但你要同他结合，需经一番周折。"女编辑黯然神伤，不再说话，我却不以为然。因我自以为对女编辑知之甚深，她结婚不过两年，就是在算命之前还在谈着她的丈夫，离婚当属无稽之谈。心中的敬畏便早已减去了几分。轮到我时，我只将关于猎人的梦讲给她听了，谁知她三言两语，句句中的，特别是对于已发生的事，竟说得毫厘不爽，令我不得不折服。心中感叹原来神灵是有的，只不过并非人人适用而已。

小时候常听妈妈和外婆讲她们的梦。妈妈常做一个噩梦：梦见自己过关，大概是鬼门关吧。有一个老头看守，而且每逢此时便有钟响，令人毛骨悚然。奇怪的是父亲死后妈妈再没做过此梦。外婆是佛教徒，做的梦似乎也有佛性，她梦见自己落下悬崖，有巨手来接，显然是佛之掌。每每感叹：到底是老佛爷慈悲，虽是贪、嗔、痴之人，仍然来救。那几天便加倍供奉，脾气也好了许多。而父亲、丈夫、弟弟这些男性公民则从未说过梦，不知是沾枕头就睡着还是遗忘机制特别强，总之远古灵性似乎是女人专利，难怪连西方也有女人和猫有九条命的说法——均属阴性动物。

成年之后，特别是结婚之后很少做梦，自谓原始灵性已遭毁坏，沦为庸人，地地道道的一身俗骨。相反地，姐姐却是中年得道，自三十五岁之后，接二连三地爆出许多怪梦冷门。其精彩程度绝不在我童年梦之下。譬如班禅大师圆寂后她曾有这样一个梦：远方碧蓝的天空显现出金碧辉煌的布达拉宫，她由一小和尚牵引着过一独木桥，小和尚向她微微一笑，伸过手来，每逢讲到此处，姐姐

Xiaobin
2014.1.28

便很动情，并且在过桥之前有遍地蛇状的黄金。无疑桥那边便是彼岸了，那小和尚便是佛祖的使者，前来引渡而已。曾向高人半仙兄讲述此梦，此兄击节赞叹，说是姐姐非凡人也。后来此梦果然部分地应验——此是后话，就不多说了。

婚前做的最后一个奇梦是关于父亲的。其时父亲刚刚去世，我梦见一仙境，背景是原始森林。前面是一面美丽的湖，有梅花鹿在湖畔漫步，父亲与一古装老人正在悠闲自在地谈天，那老人似乎就是老子或庄子。父亲的面容也同老人一样恬淡。这时忽然眼前一黑，仙境逝去，原来竟是一长而宽的银幕，有画外音道：某某某（父亲的名字）教授就长眠在这青山绿水之间。于是场内灯亮，梦醒。此梦几乎原封不动地引入我的一篇小说之中。因父亲生前极善良，又吃过许多苦，我想如果按照佛教教义，他是该有个好去处的。或许是他去了，托梦来告我，也未可知。

公正地说，婚后也没有完全断绝预感和应验的老故事。1985年生小孩之前曾做一梦，那天正好要去医院做B超，此前我和丈夫一直认为怀的是女孩，理由便是女孩打扮妈，而我那时的确形神俱佳。谁知那天中午忽然做了个短暂的白日梦，梦见一个可爱的男孩在澡盆里洗澡，周围一圈儿人咯吱他，他咧着没牙的小嘴咯咯地笑。醒来，那笑声似乎还在耳边。给丈夫讲梦的时候他还不以为然，及至B超结果真的是个男孩，他也呆了。最绝的是儿子长到三岁时，简直就和那梦中男孩一模一样，这真不知如何解释了。

所以当读到荣格小时候的神秘故事及成长经历之后我十分心领神会。荣格是极聪明的，他的聪明就在于他很好地转化并掩饰了自己。聪明人一般都没什么好下场。我总结了两句话，叫作：要么当骗子坑别人，要么当疯子坑自己。如果不想做骗子或疯子，就得像荣格那样掩饰和转化，使自己变成一个凡人（起码在表面上）。

变成凡人的最重要因素便是家庭:荣格聪明地娶了一个贤良的妻子,聪明地生了一群孩子。连他自己也说:我的家庭时时在提醒我是个实实在在的普通人,他们保证了我能够随时随地返回到现实的土壤。

荣大师在释梦方面超越了前辈弗洛伊德而自成一体。据说在希特勒崛起之前荣格便从梦中感应到"金发野兽"将要冲出樊笼。在荣格所做的无数个神秘梦中有一个特别引起我的兴趣:他梦见本堂神父的牧场上有一深深的通道,他走下去,见到一半圆门,上有厚厚的帷幕掩盖,地上铺着石板,有一块红地毯一直铺到一宝座前,那是一个精美绝伦的黄金宝座,是真正的王位。王位上屹立着一个巨人般的东西,那东西的质地十分奇怪,是用活的皮肉做的,无脸无发,一只独眼凝视着天花板。就在这时他忽然听见母亲的声音从高处传来:就是它,这就是那吃人的妖魔!于是荣格大汗淋漓地醒来。彼时他不过还是个三岁顽童。几十年之后他才悟到那帝王宝座上的东西原来竟是一个巨大的男性生殖器。

比起大师来我的梦自然相形见绌了。不过有一点很奇怪,那就是无论东方还是西方,孩子们似乎都对于冥冥中的什么充满了恐惧和敬畏,这大概就是所谓原始图腾崇拜心理吧。但是东西方的图腾似乎很不一样,一个是神,另一个是人。当然,也有共同之处:神性的人或曰人性的神。远古时代,人神合一,而后来人背叛了神,也就遭到了神的遗弃。现代人中只有极少数人神性尚存,于是神的宠儿将过去未来现在之事告诉神的弃儿,当属天经地义之事,实在没什么好奇怪的。

想通了这个,便明白了黄女士圆梦的秘密。最让人叫绝的是青创会开过六年之后,也就是今年,方知黄氏当年为女编辑圆梦的极度准确性,女编辑已历经坎坷与当年的有情人终成眷属,真真可喜可贺，只是不知道她是否还记得六年前的那年下午，黄女士慵倦地斜倚在床边，越过所有人的目光，旁若无人娓娓道来。

女红

“女红”这个词大概不会出现在下一世纪的辞典上了，就是再细致的征婚启事，大概也不会有“擅长女红”这样的字眼。电子和机械代替手工，这是个代用品的时代，一切都可以代用。

但女孩的天性似乎不可代用。应当感谢母亲，从我很小的时候，她便开始教我织袜子。是一种白色尼龙线。把一种发针拉直了，做成织针，织出的袜子结实得奇怪。我很快掌握了织袜子的技巧，给家里每个人都织了一双，但是母亲似乎有一种收藏的癖好，她不断地让我重复劳动，直至我对织袜子深恶痛绝。

幸好母亲又转移了兴趣。有一回她翻东西，翻出年轻时候描的花样儿，竟有厚厚的一沓，大多是花草，也有怪怪的，譬如有一幅样子，是一朵半开的花，花心里有一美人的脸，是侧面，有长长的睫毛，我看了喜欢，就学着绣。母亲有满满一匣丝线，大概有十几种颜色，好看得不得了。尤其是茜红色和淡青色两种，简直柔和得像梦，后来竟再没见到那样的颜色。母亲给我一小块白色亚麻布，我小心翼翼地拓下花样儿，用绣花绷子绷了，用了一下午的时间绣好，花瓣用了水红，叶子用了苹果绿，美人的嘴用了一点鲜红，自以为好看得很。谁知外婆拿出她年轻时绣的茶杯垫，把我和母亲都看傻了。一件宝蓝缎底上绣金钱花，一件淡青缎底上绣荷花莲藕，都是极尽精美。宝蓝色那件，花的轮廓都用金线嵌边，铁划金钩，很像国外教堂那种洛可可式的彩绘玻璃；淡青色的则以银色线为主调，藕是玉白的，两件都绲了边，是圆的“线香绲”，又叫“灯果边”，精细到一朵花看不出丝线的缝隙，只当是又凸起一层缎子似的。后来我把这两件东西缝在一起，做了一个圆形的小钱包，里面放了几件小手饰，宝贝得什么似的，现在还收在箱子里。

后来又学织网兜。现在三十七八岁的人都记得，60 年代初有一个织尼龙丝网兜的狂热时期。织一个，可以挣七分钱。积少成多，一个月下来，也算是一笔收入。有些家庭困难的女孩子一天可以织上二三十个，针针飞“梭”走线，看得人眼花缭乱。不知为什么，无论我怎样努力都无法达到这种速度。

还有玻璃丝，也叫电丝。那时的小女孩谁不攒上几大包，各种各色的。本是用来扎小辫儿的，当时女孩以长辫为美。黑黑亮亮扎上两根大辫儿，走起路来，风摆荷叶似的一飘一坠，再配上或鲜红或碧绿或天蓝或杏黄的玻璃丝，煞是好看。后来到了 60 年代中后期，也就是“文革”时期，女孩剪了革命头，玻璃丝用不着了，于是就用来编东西。在那个许多人累得吐血的年代，我们这些小女孩儿却常常闲得无聊，由无聊而创造，且有公平竞争：每人手里都拿着一把玻璃丝，或编钱包，或编杯套，倒也自得其乐。

玻璃丝渐有了花样翻新。玻璃丝还可以编好些别的东西：金鱼、热带鱼、小鸟、蝈蝈、白鹅、葫芦、桃花和梅花。我还在这些作品的基础上创作出蜻蜓、青蛙、小兔吃萝卜等等。有一回，我在姐姐的书包里发现了一只极精巧的小葫芦，翠绿欲滴，我攥住便不肯撒手了，悄悄地给它转移了住处，待到姐姐问起，只咬紧牙关说不知道，直到东窗事发，受了皮肉之苦，依然不交出来。最后姐姐也就算了。好笑的是这些东西竟成了我嫁妆的一部分，新婚那天我宝贝似的拿出来给夫君展览，他看后笑道：你真是个永远长不大的女孩。天长日久，那些宝贝都褪了颜色，早不如记忆中那般绚丽了。

再就是织毛衣，也是很小便学会了。因为有织袜子的基础，所

以学起来很容易。后来又学各种花样。在兵团的那几年，曾给母亲织了一件毛背心，是紫红和雪青两色线的，织成玉蜀米花样，并不怎么好，几年之后，却仍见母亲穿着，心里便隐隐有点心酸，早把过去跟母亲之间的恩怨，抛到了很远很远。织毛衣其实是很使人安静的。前些年有一阵我心里很烦躁，什么也干不下去，便开始织毛衣，织了拆，拆了织，就在这种简单的重复劳动中我渐渐恢复了平静，在织针单调的音响中，心如止水。

婚后给丈夫织了一件很大的毛衣，足足用了两斤线。故意要织成那时很时髦的宽松式，织成了很好看，穿起来效果却不理想，闹得丈夫的同事们纷纷开玩笑：老黄，你要警惕哩，这毛衣好像不是为你织的哩！说得丈夫悻悻的，后来果然找借口收了起来，只好又陪他去买新毛衣。

踏缝纫机，也曾是种乐趣。小学的仓库附近有两台缝纫机，少先队干部值班的时候我们常去踏着玩。家里买了缝纫机之后，母亲让我练着匝鞋垫。盛夏的中午，蝉无休止地鸣着，家人在地面铺的凉席上发出轻柔的鼾声，这时踏起缝纫机来特别惬意，间或窗外还有凉风习习，匝好一个鞋垫后，将有一支五分钱的小豆冰棍等着我，可以吃得满嘴甜香。

从兵团回来的那些日子里，因为羡慕外国画报里那些“资产阶级”的衣裙，开始学习裁剪。母亲过去的一本裁剪书是50年代初期出的，有不少好样子(起码在当时这么认为)。我只是看了看，便找出一块三寸布票一尺的布，上去就是一剪子，母亲吓了一跳，咕噜道：“这丫头是狠些，我学了这么些年的裁剪，还不敢下剪子呢。”后来用那块布做了一件无领无袖的短衫，竟然还穿了些日子。后来自己设计衬衫，是的确良的，有古色古香的蓝色大花，我把剪剩下来的边匝成一道波浪形的花边，镶在胸前，还带卡腰，穿起来效果很好。于是一发而不可收，连续裁了几件衬衫，还都是新样子。有一件按照洋娃娃的衣服做的，灯笼袖，中间镶了宽宽的花边，做成了不敢穿，只好穿在里面露出一点衬领，造成一种“犹抱琵琶半遮面”的效果。后来又和邻家的女孩玲玲合作(我裁她匝)，做成一件墨绿色丝绒裙和一件绛红色尼龙裙，穿着绿色的那一条照了好多相片，果然显得苗条多了。

可是从来不敢给别人裁，唯一的一次还失败了。是在苏家坨插队的时候，有个新来的高中生请我为她裁一件淡粉的短袖衫，我自以为驾轻就熟，一口答应，谁知裁好之后，袖笼的接缝处对不上，只好又在腋窝处安了一个三角。那女孩并不知这其中奥秘，还千恩万谢的，令我汗颜。

黑龙江兵团的冬闲时期，有一段时间女孩子们狂热地爱上了绣花。自上海知青始，每人拿个绣花绷子，互相描了花样儿，便开始飞针走线，晚上打夜班做颗粒肥，白天休息时间便全天绣花，也不知哪儿来的那么多精力。因为别出心裁地画些绣花样子，我的一切都开始有人代劳:洗衣服、钉纽扣、打饭……真是绣得好的，有一位叫作陈新美的上海姑娘，会绣剔空的挖嵌，这一绝技我始终没有学会，只学会一种凸花的绣法，也无非是在绣之前，在丝线下面埋下粗线而已，花很少的钱买上各色府绸布，在上面绣白色的花，然后做成枕套，这在那个单色调的时代，成了一种享受。

奇怪的是当一切都极大地丰富起来之后，对那种美的享受要求反而降低了。世界五光十色令人眼花缭乱，一切都来得太容易了，所以不再追求。终于发现自己具有“奥勃洛摩娃”本性。女红已经扔掉了好久，只有在偶尔翻箱子的时候，才找出那些曾经那么吸引我的东西感叹一番，像是在上一个时代得到的馈赠，虽然好，却已经异常陈旧了。

育儿

羔羔这名字的来由实在有点儿难于启齿。我曾经是个独身主义者,抱定宗旨不结婚的。后来既结了婚,又抱定宗旨不要孩子,像国外那些“丁克夫妻”(DINK)一样的。但还没来得及声明我的观点,孩子便堂而皇之地来了。也曾想让他自行离去,诸法使尽均告失败,愤懑已极,指着肚子,愤愤然道:这羔子! 丈夫听了觉得好玩,也随着叫起来。当时并不知是男是女。

很奇怪,就在准备做 B 超的那天中午我做了个梦,梦见一个胖乎乎的小男孩裸身坐在澡盆里,一圈儿人围着咯吱他。小男孩露出没牙的小嘴咯咯地笑,梦醒,笑声仍然余音袅袅。B 超结果真是个“带柄儿”的。更邪的是,待到小东西长到三岁,竟与那梦中孩子一模一样。一时颇以为他有点来历。

那时没有自己的房,只好到婆家去坐月子。婆家“本部”有一套房,临街尚有一间与人合住,我和丈夫便住进那间房里。因没有厨房,做饭要回“本部”。羔羔又极能闹,半月下来,丈夫脸已发绿,于是急流勇退,上班去也。剩我一个堕入阿鼻地狱,永受轮回之苦。那时节,除一日三餐公公送饭之外,真个是不见天日。日夜伴随的,只有羔羔。

羔羔长得的确漂亮。生下来便很舒展,不像一般的婴儿那样小核桃似的皱皱巴巴。皮肤很白。婆婆常疑心我给他抹了粉。嘴巴红而小,但弹性很好,哭起来也能占去大半张脸。最迷人的便是那双黑而亮的大眼睛和长而弯卷的睫毛,这样的睫毛,大概父母系双方祖上也不曾有过。我坚信是科学育儿的产物——据说核桃可以助长毛发,而我在孕期吃了三个月的核桃。

有一天，秋阳暖暖地照着，喂过奶，羔羔舒服地躺在我怀里，忽然向我甜甜一笑——这是有意识的那种笑！我的羔羔会笑了！我简直想哭，心里也知道从此进入傻妈行列，但就是忍不住眼泪——那种牢狱般的生活使人变得很脆弱，智商也不可抑制地急剧下降，竟常有词不达意，或干脆说不出话来的时候。我只好对着唯一的听众练习说话，直到听众不耐烦地哭叫起来：或吃，或拉，或撒。看来母爱的产生绝对带有被迫的成分，而一旦产生便不可逆。两个半月之后因为身体的原因同孩子分离了。当看着那小小人儿被爷爷抱走的时候，我真的觉得心在流血，我才发现诸如“肝肠寸断”“撕心裂肺”一类的词儿一点儿不过分。幸好羔羔极早便认母，每逢我去，就伸出小手扑向我，任谁也不要了，公婆脸上便悻悻的。但谁又能拆散母与子的秘密契约呢？那是上天所惠赐的，是几世的缘分啊。

两岁时终于接了回来，孩子蔫蔫儿的，大不似先前活泼，“孝心”却是有的——逢我生病，一定要从药盒子里拿了药颠颠儿跑来，把药往我面前一扔，说一声：“妈妈，吃苦药吧！”而当我被“苦药”苦得苦眉皱脸时，他便咯咯地笑起来，快乐无比。而当他生了病，便一定要我抱着他走，边走还要边唱，一直唱到他入睡。那时最常唱的是《麻雀与小孩》，也是从我母亲那里“批发”来的——一部30年代便流行的儿童歌剧，一定要整部地唱下来，落了一段大眼睛也要睁开来，于是在那目光下我只好诚实无欺地唱下去，不敢再耍花枪，但心里暗叹还是当爹的说得对：“这真是个南禅（难缠）居士啊。”

从小在歌声中长大，于唱歌却没什么天分，羔羔学的第一首歌叫作《河里小鱼游啊游》，实在不能算是唱得好。后来在他五周岁那天，我刻了一幅剪纸：一个大脑袋、长睫毛的小男孩正在挺着小鸡鸡撒尿,很神气的样子,几条小鱼游向河边,张开小嘴接尿,题目叫作《河里小鱼游啊游》。见者一看便叫:这不是羔羔吗?!丈夫单位的人更有邪的——每人复印了一份珍藏起来。我着实得意。

虽然当"天才儿童"已无望,但在有些方面羔羔却得天独厚。譬如:品尝;又如:鉴赏。品尝便不多说了,诸君自可意会。单说鉴赏:有一回我借来一本很大的巴黎时装杂志,母子俩一起翻着,品评着,忽然发现,儿子的审美趣味无可挑剔,简直令我惊叹。从此每每装扮起来便要儿子来品评,儿子倒也乐此不疲,只是丈夫彼时便要打翻醋壶,冷嘲热讽一番,却也终无大碍。

电视对儿童的影响大到不可估量。孩子们在一起不是"天马流星拳"就是"克塞前来拜访",画的画是长犄角的机器人,睡梦里也握着变形金刚。过去羔羔从来坚持长大"不娶媳妇",自打看了《戏说乾隆》之后忽然改了口,说是"娶不娶你们选择吧"。后来才知道原来打动他的是赵雅芝。不过羔羔还是很有正义感的,当对门的小朋友乐乐说"爱上"班里某女孩时,羔羔很严肃地对我说,乐乐导(早)恋了(他始终咬不清字),表示了极大的愤懑和蔑视。

今年三八节,他写了封信给我。信封上歪歪扭扭地画着一颗心。信里写着:亲爱的妈妈,伟大的三八妇女节来到了,我祝您节日愉快,身体健康!……当我还是婴儿的时候,是您养育了我,一把 shi,一把 niao(屎、尿,原文如此)地把我养大……现在我上二年级,懂事了,不用您操心了……丈夫在一边嘟囔:"整个儿没我什么事儿,我算冤大头了。"我忍不住笑起来,笑着笑着泪水流了出来。我把信放进抽屉的最深层,想着或许二十年后我会把它拿出来,念给他的儿子听。

饲养

小时候有一天，阳光灿烂的日子。一只中等大小的鸭子慢慢走进我家的院子，在石竹花和仙人掌中间穿行，一身的毛被太阳照得金灿灿地闪光，黄缎子似的。从那时起我们常吃腌得流油的咸鸭蛋。那鸭子每天下一个蛋，有时还是双黄的，外婆说这鸭子是来“还债的”。

其实“还债的”并不止鸭子一个，还有鸡、兔、鸽子。鼎盛时期的鸡和鸽子各有十余只，每天光扫鸡屎便要七八次，好在那时住的是平房，每天早早便将它们放出去，看着它们在阳光里打滚儿。只有一只老油鸡永远不玩，“猫”在窝里，脸一红就下蛋。

还有一只白色来杭鸡，永远瘦瘦的，行动很利索，也是有旺盛的生育能力，只是生下的蛋是白的，石雕样地冰凉，不像那只爱红脸的油鸡，有那样暖乎乎、红润润的蛋，让人一看就感到春天般的温暖。

兔子有四只，三只白一只灰。白兔是红眼睛粉嘴巴，灰兔的眼睛则是黑的，我和姐姐当然喜欢白色的，但据说真正贵重的是灰色的，叫“青紫蓝”。后来四只兔子都被炖了肉，味道是一样的，皮剥了去卖，价钱却极不同——“青紫蓝”的要高出两倍多。

也曾养过几回猫，时间都不长。很小的时候我在洋灰地上用石笔画画，猫以为我在逗它，扑过来不由分说把我抓了满脸花，我大哭大闹逼迫母亲立即把它驱逐出境，母亲无奈只好把它送了人。很久之后才又养了一只白猫，几乎天天给它洗澡，依然长跳蚤，且招来许多公猫，凌晨四点便开始叫，一夜夜冤魂似的惨号，几声凄厉，几声抽泣，最后终于无法忍受，任其和一野公猫私奔了。

小时候没养过狗。很小的时候只去玩邻家的狗。那是一只很小的卷毛狮子狗，只喝牛奶，毛色也和牛奶一样雪白。名字却莫名其妙地叫小花。邻家是颇有洋派头的。男主人是留美回来的教授，冬天总是穿件黑大衣，领子竖起来，有点“尖头曼”的风度。女主人据说过去是个舞女，但也看不出怎样漂亮，脸黄黄的，总爱吸烟，要么就是瘫坐在沙发里，抱着小花玩。

小花的小主人是五哥，比我大五岁，当时上小学四年级。按说他家很有钱，他又是老幺，应当很受宠，但不知为什么他却总是不快乐，常常一个人在门口的石台上枯坐，一坐就是大半天。他有很多洋画，都是成套的，《西游记》《水浒传》《封神榜》……还有好多玻璃弹球，五光十色。他教我拍洋画，弹弹球。后来他家搬走了，洋画弹球都归了我。他家搬走是因为他父亲——那位留美的“尖头曼”被定为右派。那时我并不懂这个词，只记得在父亲的一本书里画着一个穿黑大衣、竖着领子的人，他嘴里吐出一条条毒蛇。

小花自然也跟着走了，从此后我再没玩过狗。

我最怀念的当属鸽子。曾有过轰轰烈烈的一大群。每天放。鸽子飞向天空的时候有一种壮美的气势，那时的天空很蓝，鸽哨声低低的，犹如远方的风铃。那时所有的孩子都仰望天空，好像小小的心也跟着飞去了似的。

唤鸽子的嘟噜声我始终学不会，弟弟却学得极像。鸽子飞累了，弟弟一声呼哨，接着卷起舌头嘟噜两声，鸽群便扑噜噜地飞下来，在小米的黄金雨中，争食。有两只索性就站在弟弟的肩上，前呼后拥的，弟弟一副居高临下的表情，简直如同王子般神气。

喂养却是大家的事。我钟爱那只全身雪白、红冠红嘴的雄鸽，常悄悄给它开些小灶。后来又抱着它拍了张照片，那姿势令人想起解放初期那幅家喻户晓的招贴画《我爱和平》。但是好景不长，一只长着凤头的野雌鸽子飞来，很快破坏了白鸽的纯洁——一窝小鸽子诞生了。水性杨花的凤头移情别恋，小鸽子嗷嗷待哺。可怜的白鸽只好担负起喂养后代的责任，它每天只出去一小会儿，到点便回来，刚一回窝，便被小鸽子撕咬起来，它不断把吃下的东西吐出，依然不能满足儿女们贪婪的需求，一张嘴被撕得鲜血淋漓，那种精神令人想起佛祖当年舍身饲虎或割肉贸鸽。后来，小鸽子长大了，再后来，被做成了一碗美味佳肴。白鸽是最后一个被杀的。香喷喷地做好了，却没有人来吃。

后来又养鸟，又养鱼。鸟是一种灰色的山雀，鱼是普通的金鱼。都没养长。雀儿性子烈，几天之后便撞死了，鱼则莫名其妙地一条条死去。鸟或鱼大概既渴望自由又逃避自由，而渴望与逃避之间应当有个转换的过程，这过程是需要承受力的。

婚后基本不养宠物。只是在最近，丈夫从跳蚤市场买了两只金丝熊，名字很好听，看上去却是老鼠形象。对于鼠类，我历来深恶痛绝，但为了丈夫和儿子的偏爱，我只好勉强忍受。终于有一天晚上，丈夫忽然失声大叫，我过去一看，见那雌熊已生出一窝小崽，小东西无皮无毛，呈粉红色半透明状。见了我们，当妈的竟然将小东西一个个吞了进去，顿时那雌熊胀大了一倍，十分可怕。丈夫惊呼着要去抢救，我却感觉雌熊实际上是为了保护小熊。果然，待我们刚刚转身，它又忙不迭地把小东西吐了出来，但那状态实在不能给人以任何美感，我于是下了速速转移的命令，丈夫也只好连夜将此物移居他处。

一窝小东西很快长大，长出了和父母一般的淡黄的毛，也像父母一样能吃，一样低能，有一样强的繁殖能力。丈夫拿到单位几只，立即被一抢而空，没抢到的还争相预订。数月后一位女士骄傲地拿出抢到手的金丝熊给我们看，果然毛色金黄，比先时鲜活水灵，一问，原来天天给肉吃，还是新鲜瘦肉。遗憾的是两只原是一顺，因此断了香火。丈夫把剩下的一对转移到对门的空房里，每天夜深人静之时，便虔诚地捧了残羹剩饭去供奉，数月如一日。终于有一日，新房主出现了，丈夫急急将金丝熊去放生，谁知两三天后其中的一只又回来了。对门的小孩子一开门，惊喜万状，惊叹之声不绝于耳。儿子急忙过去看，回来大叫："乐乐家跑来了一只金丝熊，比咱们家的还大！"我瞥了丈夫一眼，他还算沉得住气，只是眉宇间掠过一丝惆怅，或许是藕断丝连吧，谁知道呢？

电影

好久不去电影院了，主要是因为不断地上当受骗。90 年代以来在我记忆中似乎没有什么好片子。当然，《秋菊打官司》是个例外。

我曾经是个不折不扣的影迷，也许现在还是。头一回看电影是在五岁。因为矮，只好坐在椅子扶手上。演的是《画中人》，好像是根据民间故事《巧媳妇》改编的，海报一直贴到家属区。女演员涂着血红嘴唇，很是醒目。那时我恰巧觉得血红嘴唇的女人美丽，何况她还有一件同样红颜色的衣裳。那片子主要是说一对恋人怎样战胜艰难险阻，最后终成眷属的故事。我流了好多眼泪，姐姐们也哭了。电影院的灯一亮，大家的眼睛都是红的。紧接着又看了一个《华沙美人鱼》，波兰电影。也是说爱情如何战胜邪恶，但这回不觉得感动了。女演员的嘴唇也是血红的，却并不美丽，只莫名地有点怕。好长时间看外国片子都怕，不知为什么。

20 世纪 60 年代中期有一大批好片子。像《五朵金花》《刘三姐》《冰山上的来客》什么的。女主角美，情节曲折，插曲好听，这就很够了。美也是在变化着的。那时大家公认杨丽昆、黄婉秋是天姿国色。

所以二十年之后这些片子重演的时候,人们在某种怀旧意识得到满足的同时,不免有些淡淡的失望。生活越来越好,姑娘也越来越漂亮,天姿国色的标准越来越高。何况经过几十年的理想化再塑造,理想形象与实际形象差得太远,因此也就容易失落。不过有一点倒是毋庸置疑的:那时的片子真!服装真道具真,演员的情感更真。没有这点真情,富丽堂皇的画面、离奇曲折的情节、天姿国色的女主角……似乎只能起点副作用。

“文革”那些年的“文化生活”中有一项重要内容便是看“批判”电影。有些片子如《武训传》《清宫秘史》什么的,如不是批判我们便无缘观赏了。那时有句话叫“毒草可以肥田”。为了这可以“肥田”的“毒草”几乎出了人命,蜂拥而入的人群有一次把一收票的大学生踩在了脚下——为的是看《清宫秘史》。我们这些当时的小学生从来以“混票”为荣,“混”不进去便让人瞧不起。我在这方面得天独厚,次次都打头阵且从未有过失败的纪录。一旦进得门去,便捡些废票从门缝里塞将出来以营救水深火热中的朋友们,透着勇敢和仗义。不过战胜艰难险阻的结果有时并不怎么样。譬如《清宫秘史》,普通的黑白片子。对白仍像30年代的片子似的咿咿呀呀的尖声,周旋看不出有多么漂亮,四个王妃上身不动地走过来,使人想起《聊斋》里的什么情节。将就着看完了,只记得光绪皇帝的一句话:得人心者得天下,失人心者失天下。

那时正面的片子好像只有三四部。演得最多的是《南征北战》。几乎每句台词都背得出来。男孩子们开口就是“老高又进步了”“以往的失败全在于轻敌呀”“积党国四十年之经验”等等。总之演反派角色更形象一些。认真想想,似乎北京“侃派”源出于此。

后来终于盼到新片出台。首先看到根据浩然小说改编的电影《艳阳天》，张连文主演。小说中爱情描写似乎占很大比例。但电影中萧长春和焦淑红连手也没敢握一下，令人大失所望。那时电影中的男女主人公都是守身如玉的清教徒，要么就干脆是孤男寡女，男的没老婆，女的没丈夫，或者是中性人，令人绝不敢想入非非。若是战争片，则硝烟炮火之中，“好人”绝不能衣冠不整，面容不洁，即使流血，也要红是红，白是白，鲜明夺目地洁净。不幸的是，这种“洁净”较之过去的战争片来，透着一种不可忍受的虚伪。假丑恶一旦贴上真善美的标签，则比赤裸裸的丑更令人作呕。

真正的电影革命似乎是从《黄土地》开始的。应该给陈凯歌、张艺谋记一功。记得有一回去“美院”，一个朋友异常兴奋地谈起《黄土地》，特别提到演憨憨的小演员和那粗犷的陕北民歌，引得我很想一饱眼福。但直到很久之后才从电视屏幕上看到片子，那时知道有“第五代导演”之说，并且很偶然地与他们中的一个合作了一把。

身怀六甲的时候连续看了四十部法国电影——是法国电影回顾展，干劲可谓大矣。此前总是对西方电影怀有某种迷信。全部看下来之后，也许是因为同声翻译的缘故，有一种头昏眼花之感，印象较深的只有罗密·施奈德主演的《直观下的死亡》，还有《资产阶级审慎的魅力》《放大》等。《直观下的死亡》讲一个女人被告知患有不治之症，医生不断地给她一种药物让她服用。电视台则不断追踪拍摄，试图将她垂死前的征象记录下来。后来拍摄者爱上了那女人，于是又另有一番动人心魄的爱与死的角逐，谜底揭开，方知那女人本来根本没病，而是电视台为了拍死亡前的镜头买通医生给那女人服了慢性毒药。故事本身就吸引人，加上施奈德高超的演技，确实有一种震撼力。我是在那部片子中真正认识罗

Xiaobin
2014.5.26

密·施奈德的，比较起来，《茜茜》不过是她早期的小品而已。

苏联的片子有许多令人叹服之处。如《岸》《德黑些43年》《怀恋的冬夜》《你的名字》等等，不但拍摄讲究，还有一种非常厚重的东西，那大概就是伟大的俄罗斯文化了。就连喜剧也绝不是轻飘飘的，像《办公室的故事》《两个人的车站》等，都有一种格调，中国的喜剧缺的就是这种格调。这种格调究竟来自什么？是文化还是民族素质？或许因为俄罗斯是个会唱歌的民族，而会唱歌的民族肯定是富于智慧和幽默的。不仅如此，还有一种苍凉和悲壮，像辽阔的田野和奔腾的伏尔加河一样。所以现在我每见到"独联体"这个新名词，心里便有一种说不出的味道。

美国在欧洲眼里就像古老贵族眼中的暴发户，但是暴发户绝不可轻视。何况好莱坞还有那么多超一流的大明星们，达斯汀·霍夫曼、梅丽儿·斯特里普、朱迪·福斯特……更早些的梦露、嘉宝、费雯丽、赫本、马龙·白兰度……真是星光灿烂、若出其里。最绝的是当代最灿烂的明星并不一定是俊男靓女。斯特里普和霍夫曼便很能说明问题，《雨人》中霍夫曼的表演真到了炉火纯青的化境。还要特别提到的是朱迪·福斯特，这位两届奥斯卡影后简直是个精灵。第一次看她主演的《被告》，心里像是发生了十二级大地震。她演得那么逼真，真到了令人不敢正视的地步。说她的表演把做明星的难度推向一个新高峰一点儿不过分，能感觉她是极聪明、极有潜力的。我想她还会有令人惊叹的表现。

我想肯定有许多人会为《去年在马里安巴》这样的片子所倾倒。罗伯-格里耶把作为艺术的电影推向了极致。在这里，人们走入了智慧的迷宫，这迷宫具有完美的想象力和不可模仿性。被传统思维方式捆绑惯了的人们惊呼遇到了智力的挑战。

但是最让人感到内心撕裂的还是瑞典大师伯格曼执导的《呼

喊与细语》。大师把人与人之间那种隐秘的、令人悲哀的关系推向了极致。死去的大姐因为生前未能得到姐妹亲情的温暖，死后还在渴望与妹妹体肤的接触；二姐因为厌恶丈夫，不愿与之过性生活，竟然用利器刺破阴道，将鲜血涂了满脸……近年来中国电影在国外声名鹊起，频频获奖，可恰恰缺少这种揭示人性本身的片子，并且随着电影市场化的发展，这种可能性也将越来越小了。

曾经尝试着写过一次这类的片子，叫作《弧光》。这是根据自己的小说《对一个精神病患者的调查》改编的，写一个被世俗社会认为疯了的女孩子，后被一位"第五代导演"看中，推上了银幕。自小便觉得拍电影神秘，总想看看拍摄过程。开机那天在密云水库。三九天，水面结了很厚的冰。拍的是影片的最后一个镜头：人声鼎沸的冰场。男主人公的目光追逐着女主人公，而寻觅到的却是一个外形酷似女主人公的女孩。为了增加声势，用卡车拉来了许多群众演员，每人劳务费只有两块钱，但大家兴高采烈，可能都和我一样想满足一下好奇心吧。那天是航拍。当直升机降到不能再低时，卷起一阵大风，呼啦啦倒了一片彩色遮阳棚，大家一片惊呼。所以后来镜头中的那些遮阳棚实际都是趴着的，只不过因为俯视角度看不出来而已。旁边一个老头哼唧着说："第五代真能折腾，连航拍都敢玩！"待到毛片出来之后，和导演一起看片子，直到结束，心中还在不断地怀疑：这是不是我写的那个《弧光》？然后想起陈凯歌让原作者、编剧阿城看《孩子王》时阿城的回答，他说："我拉的屎我就不看了。"

两年之后在报纸上看到《弧光》获第十六届莫斯科电影节特别奖的消息，终于明白了电影是导演的艺术。要想触电就得练到把亲生儿子送人也不心疼的份上才行，更确切点说，是卖。既然舍得卖，那么无论儿子将来披红挂彩还是蓬头垢面都与你无关，你也就不必庸人自扰了。

电视

尼克松访华之后不久,伯父家买了台九英寸黑白电视机。大家稀罕得了不得。但终归太远,不得常常看。后来邻家买了一台同样的,侄儿轩轩便天天去。逢年过节或有好节目的时候,邻家和我同岁的女孩玲玲也过来叫我。忘了是哪一年国庆招待会了,左邻右舍几家人都来看电视,众人坐得满满的,唯轩轩贴在电视前,一个大脑袋占了半张屏幕,后面的人屡屡抗议均无效,只好随着那晃来晃去的大脑袋来回拧脖子。玲玲的母亲看不下去,说了几句,谁知五岁的轩轩忽然站起,很有尊严地说:“有什么了不起,我不看了,我姥爷会给我买的!”说罢起身便走。自那日后还真是再没去过。

为了外孙的这几句话父亲下决心买电视。弟弟还为此跑了趟张家口,后来终于买到一台十四英寸黑白电视。四百多块钱。其中有我十分之一的投资。其时已是公元1980年。

轩轩自然很满足,起码每天可以看到吕大瑜、李娟、赵忠祥等人的头像。但是很快又有了新矛盾:轩轩要看《铁臂阿童木》,弟弟要看足球,而我和母亲想看文艺节目。

父亲临终前的那些日子特别爱看电视,且不管看什么都要流泪。父亲大概把一生的眼泪都留在那时了,所以他看电视时一定要关灯。记得那时正在播出万人空巷的香港电视连续剧《霍元甲》。每当响起“昏睡百年,国人渐已醒……”的主题歌,大家便都丢了手中的事,聚到父亲房中。

不知自何时始,家中有没有电视已经成为姑娘择偶的标准之一,同时也是男方娶亲的必备物品。我却是来不及讨价还价便糊里糊涂地结了婚。婆家有一台十四英寸的彩电,据说是全院第一家,小是小些,清晰度却极好。另有一九英寸黑白撂荒在那里,丈夫便抱回新居。孕期无聊时我常常看,把腿跷得高高的,很舒服,起码没人跟我抢频道。直到 1986 年才有了一台自己的电视,十八英寸彩色牡丹,我的两笔稿费所换。时隔不久,公公便来将那小九英寸索回,说是太婆婆要看评书连播。我因此疑心当初丈夫的举动并没经过讨论、研究和批准。

几乎与此同时,去了公司的弟弟已将家里的十四英寸黑白换成二十一英寸东芝大彩电,二姐家里也来了一台堂皇的索尼。相比之下我们依然寒酸,但这并不妨碍我和丈夫在寒冷的冬夜偎依在一起看墨西哥电视连续剧,什么《女奴》《卞卡》《诽谤》……永远看不完。也有朋友对我竟执迷于如此低档次的东西感到吃惊。但这并不能改变我看电视的习惯,原因很简单:我喜欢看那些美丽的时装,以及时装包裹着的美丽的异国女性。

终于电视成为儿子的专利,每天,都有一个优美的动画故事在等着他,而每一个故事都有一首优美的歌曲。《蓝精灵》《大白鲸》《花仙子》《玛亚》《咪咪流浪记》……渐渐地,我也被吸引到屏幕前,这才发现安徒生童话的时代早已逝去。我比儿子更早地学会那些歌曲,捏着嗓子装孙佳星,到了可以乱真的水平。

最吸引我的一部电视剧叫作《鹰冠庄园》,不仅有美丽的时装、美丽的明星,更有充满悬念、出人意料的情节,智慧与幽默,阴谋与爱情。每天我都在盼着片头音乐响起——然后不顾一切地冲出厨房坐在电视机前,把做晚饭的任务留给丈夫。后来知道这不过是美国的一部开放式结尾的肥皂剧,已拍了一百多集,还在继续拍。奇怪的是正面人物蔡斯一家远不如那些“坏蛋”有光彩。老谋深算的安琪、厚颜无耻的兰斯、美女蛇梅丽莎……尤其是恶的集大成者理查·钱宁极具魅力，我疑心编导们写着写着也改变了初衷，最后被恶的魅力所征服。那时我便萌生一念：搞一部中国的《鹰冠庄园》！为了这个梦想我开始涉足电视剧，也就是在这以后不久的一个晚上，我和丈夫、儿子散步的时候，看到一个摄制组在首都妇产医院门口拍摄一个镜头：一个年轻女人一脸绝望地缓缓走来。那是个陌生的演员，高而秀丽。就那么一个镜头，竟然重来多次。我忍不住问剧组的一位男士，答曰：此剧名《渴望》，编剧李晓明。

《渴望》带来的冲击波是巨大的，但其中包含了天时地利人和。据丈夫说在美期间目睹了海外赤子对此剧的狂热。加上接踵而来的《编辑部的故事》，北京电视艺术中心就此奠定了在老百姓心中的位置。中国电视艺术中心不甘示弱，下决心打翻身仗，全体编辑出动，网罗了一批作家献计献策，本人也包括在内。

我混入革命队伍的前提条件是一部叫作《海火》的长篇小说。此书写于 1987 年，出版于 1989 年。出版周期已经长得吓人，而出书后又恰逢一个特殊时期，所以很是时乖运蹇。好在里面塑造了一个据说可以超越时空、永垂不朽的女孩。于是该书在 1991 年青创会上被中国电视中心的一位编辑看中，计划改编为八集电视连续剧。谁知一稿出来之后便引起一场争议，就连爬格子友邦也惊诧：此书在文学界亦属前卫者流，改成电视剧恐怕有两种结果：一是费力不讨好，二是引起一场电视剧革命。前一种结果令人灰心，后一种结果又让人害怕，真真不知如何是好。

港台电视剧的走红着实令人不解。《流氓大亨》《人在边缘》《义不容情》三部内容、情节等等相似处甚多，都是老大好得像菩萨，老二头顶生疮、脚底流脓地坏。尽管如此，人们还是从头看到尾，一集不落。真是奇怪。过去我坚决排斥武侠小说与港台电视，后来终于发现这其实是个误区。譬如《戏说乾隆》,谁都知道是胡编乱扯,可大家就是喜欢看。说深了,这恐怕和人类的自欺意识有关。劳累一天,谁都想脱离眼前的环境,钻到另一个与现实甚远的世界里,踏踏实实地被骗。

《爱你没商量》和《黄城根儿》使老百姓对电视剧的狂热降温了。时代似乎呼唤着真正的精品——百姓们的口味越来越难伺候。于是我满怀激情地开始圆“庄园之梦”,首先就此问题与一资深电视人进行探讨,他的回答出乎我意料:中国不可能搞出自己的《鹰冠庄园》。问何以见得,答曰:很简单,因为中国没有庄园。

呜呼！于是我幡然醒悟,弃旧图新。终于明白了“圆梦”一说本身便带有幼稚园心理,是历来行不通的。

但时时常有疑问:如果没有幼儿,哪来的成人？没有梦想,人类又如何会有今天？关键是,要有敢于第一个吃螃蟹的勇士,可惜我没有这种魄力,所以也只好把自己包装起来,等着别人给螃蟹摘去钳子再说吧。

时装记趣

童年时期,特别喜欢母亲年轻时的那些旗袍。其中有一件西洋红的格外漂亮:软缎毛葛的衣料,上面绣了珠灰和淡青的兰草,那一种柔和婉妙的色调,真是别有一番味道。因此翻母亲的箱子便成为我们姊妹童年时的一大乐事。偶尔也试一试,自然趁母亲高兴的时候。只是那时穿着十分不合适,就是姐姐穿也要长及脚面,于是只好站在床上穿,胸前再满满地塞上两块手帕,便自以为漂亮得像公主了。

大了以后才知道,母亲的旗袍是改良式的。最早的旗袍,应当是清代的直筒式旗袍:腰部无曲线,下摆和袖口处较大,配上琵琶襟的马甲和花盆底的旗鞋,便是典型的清代满族女人的装束了。我想旗袍之所以绵延至今,无疑是因了女人们对它的偏爱。一次次改良的旗袍款式显示了一代代女性审美趣味的变迁,可以当之无愧地送入北京的服装史了。

新中国成立后的很长一段时间,可以说是北京人的服装在引导着中国服装的新潮流。从20世纪50年代的列宁装到60年代的军大衣,都成为由北京人兴起而席卷全国、风靡世界(那时很多国际友人也以得到一件真正的军大衣为荣)的服装浪潮。在大鼻子们的眼里,北京就是中国的代名词。60年代的北京街头只有单调的蓝、灰和绿,也正因如此,中国得到了“蓝蚁之国”的称谓。

但就在这“蓝蚁之国”中,少女们依然在悄悄寻找着一点别的颜色:既不能花哨得被人骂,又要与众不同,这便十分难了。二十五年前,在我离京去东北兵团的前夕,妈妈带我去买衣裳。在西单商场二楼那一片落寞的灰里竟闪出一点别样的颜色,这自然逃不过一个女孩的眼睛。那是一件线呢两用衫,有黑蓝白三色的小格子,都是凸起来的,在那个时代,这也算是很奢华的了。因为有了这件衣裳,悲伤的心情似乎也减去了几分。三年之后从兵团回京,这件衣裳虽然经过汗浸雨浇,却依然完好无损。

回京时正值花季,市面上却仍是一片萧瑟。好不容易在王府井找到了一家益民商店,专门卖出口转内销服装的,这地方立刻成了沙漠里的绿洲。有许多与我同龄和比我稍大的姑娘光顾这里,有时为了买上一件称心些的衣裳,要在人群里挤上数小时之久,然后在众女的叽喳声中拿起衣服满头臭汗逃离现场。那时没有试衣裳的条件,所以衣裳合适与否在很大程度上要凭想象和运气。记得我曾在益民买过一件十四块钱的长丝的确良绣花短衫,商标上俨然绣着“精工巧制”和“Made in China”,因为太奢侈,只好把它锁进箱子里。直到1978年上大学时才拿出来穿,依然很显眼。

开放的窗口终于渐渐打开。我的大学时代正是服装急剧变化的时代。自三年级伊始,女生们的服装已经开始争奇斗艳。瘦腿裤变成了喇叭裤,后又成直筒裤,然后是牛仔裤,接着又开始在衣领上别各种小徽章,之后又发展为镀金项链,后来牛仔裤又变成运动服,再戴上有“香港制造”标志的太阳镜,便构成了80年代初年轻人最新潮的装束。

时装和流行色从打开的窗口涌了进来。乍看皮尔·卡丹设计的时装,还真有点看不惯那些光头皮的塑形模特儿。北京人的审美品位受到严峻的考验。过去有“红配绿,看不足”和“红配绿,赛狗屁”的说法,无论是“看不足”还是“赛狗屁”都是极端。中国缺少中间色。而流行色恰恰以它非黑非白、非此非彼的色彩散发着魅力。淡金色、银蓝色、橄榄绿色……正是色与色之间的过渡,构成了神秘的不可言说的美。

北京姑娘越来越漂亮了。这自然离不开服饰和美容的作用。燕莎、赛特……的时装与购物环境已经直追欧美。当一个少女从西单商场买了精美的皮衣走出来的时候,她很难想象到二十多年前,一个与她同龄的女孩在即将走向北疆的前夕,在同一个柜台上从一片灰色中挑出一件线呢两用衫,其快乐的程度比她有过之而无不及。

心里终归还记挂着母亲那几件美丽的旗袍,终于在婚后穿了一回,谁知洗了一水之后那颜色便褪去许多,这才明白曾经那样吸引过我的东西不过是上一个时代的馈赠,虽然好,却已经异常陈旧了。

然而,旗袍的款式却仍然不断地更新着,在现代时装中以独特的东方情调占有一席之地。现在有了高领、垫肩、窄腰、长开衩的手绘图案旗袍。姐姐从美国来信说，当她出席一个重要宴会的时候，她选择了旗袍。那旗袍鲜红夺目地华丽。它战胜了那些西装和晚礼服，给她带来了运气。她说她穿上旗袍便想起了北京，想起童年时在北京的一座房子里，几个女孩试穿妈妈的旗袍，盼着快快长大。

购衣：圈套与误区

我的购衣癖可以追溯到二十年前。那时中国尚有“蓝蚁之国”之称。北京的服装市场一片黑灰白蓝。但是当时尚在“花季”的我总想在这片萧条之中发现一点异样的色彩。终于，王府井的益民商店如沙漠绿洲般出现在我的面前。那是一家出口转内销商品专卖店。我那时月工资三十二元，每月十元饭费，五元零花，还要剩下十几元钱，也算是同龄人中的大款了，便把钱毫不吝惜地花在穿上。记得曾经买过一件长丝的确良绣花短衫，商标上俨然绣着“精工巧制”和“Made in China”，十四块钱，因为太奢侈，只好把它锁在柜子里。直到 1978 年上大学的时候才拿出来穿，依然很显眼。最后一回去益民商店，是在 1976 年大地震之后。当时都在外面摆摊卖衣服，大都是一次性甩卖，价钱低得惊人。有件赭色连衣呢裙，只卖八块八毛钱，略一踌躇的工夫，便被另一女士抢走。但当机立断亦有后患——有几件衣服便是不顾后果抢来的，后来实在穿不出来，重新改造依然无效，只好送了人。还有件黑色女士呢斜裙，腰太细而下摆太宽，还很容易沾毛，之所以决定买，完全是因为那售货小姐的妩媚笑脸。所以丈夫讥我若去了西方肯定破产——那裙子还在箱子里搁着，送都送不出去。

我的这种小女孩式的毛病一直延续到现在。孤独一人时,我是个清醒的唯美主义者。或许是从小爱画画的缘故,对于色彩特别敏感。过去常有“红配绿,看不足”和“红配绿,赛狗屁”的说法,无论是“看不足”还是“赛狗屁”都是极端。中国缺乏中间色。所以流行色的涌入令我欢欣鼓舞,那是一种非黑非白、非此非彼的色彩:银蓝色、橄榄色、淡金色……正是色与色之间的过渡,构成了神秘的不可言说的美。

然而购物环境常常破坏我的审美品位。一旦陷入了导购小姐的包围圈中,我就常常晕头转向忘乎所以,做下悔之莫及的事。譬如去年夏天很时兴摩根丝的服装,在西单地下商城的一个摊位上挂满了五颜六色的裙子,都一律标有“摩根”字样。对色彩的癖好使我情不自禁地走入了一个圈套:那些貌似美丽的裙子其实十分功利地在向我兜里的钱招手。作为工薪阶层,我在时常感到囊中羞涩的同时,也偶有不顾一切的壮举,那天在一群小姐和倒爷云山雾罩的一通侃中,我红着脸倾尽囊中所有——五百元人民币,买得一件浅驼色摩根丝短袖连衣裙,然而当我走到下一个摊位时,却发现有一件一模一样的裙子挂在那里,价钱却只有那件衣服的五分之一。从此我养成买完东西便立即离开现场的习惯,以阿Q精神掩耳盗铃地完成英雄壮举。

暇时打开衣柜,各色衣裳可谓多矣,却很少有几件是真正喜欢的。有一则小故事再好不过地说明了女人的一般购物心理:有位太太看到一家商店里挂着一件美丽的服装,十分可爱,但当时带钱不多,且看到别人似乎对这件衣裳并无兴趣,便没看买。回家后越想越悔,她想那件衣裳一定被别人买走了,便终于在几天之后,风急火燎地赶往该商店,一看,那衣裳仍挂在那里,于是她长长地舒了口气,决定不买了。

只有真正成熟的女人才能绕过圈套与误区，我为此努力着。

我们的红领巾合唱团

我上的那所小学叫作青塔院小学，名不见经传，却有几项活动始终是在海淀区拔头筹的。其中之一，便是由我校红领巾合唱团参加的每年一度的“红五月歌咏比赛”。

还没上学的时候，便晓得两个姐姐都是合唱团的主力。看到她们的演出，我心里总是痒痒的。又佩服，又有点不服气。总算盼到了九周岁，戴上了红领巾，有资格考合唱团了。那一天，高年级的音乐教室里比肩接踵，挤满了学生。合唱团负责人李老师在前面弹琴，考生们一个个地上去唱。轮到我了，我忽然发现教室里和窗外的人似乎陡然增加了一倍，人头攒动，还夹杂着女孩子们的尖嗓门儿：“快看快看，是徐小冬的妹妹！……”我的脸通红了。二姐是红领巾合唱团的领唱，站在台上好神气的——我自然不能给她丢脸，于是振作精神，唱了一支《我们的田野》。现在三十岁以上的人大都记得这首歌。不知为什么，我始终觉得这歌有它特别动人之处：“我们的田野，美丽的田野，碧绿的河水，流过无边的稻田，无边的稻田，好像起伏的海面……”第一段还没唱完，李老师就微笑着向我点一下头，同时打了个停止的手势——真没想到这么轻易被录取了。我的心这才扑通扑通跳起来，背起书包撒丫子便往外跑，同时听见背后李老师悦耳的声音：“记住下星期三参加活动！”

就这样，我正式加入了红领巾合唱团，每周活动两次。那是些多么有趣的日子啊！每次都要学习新歌，什么“八月桂花香，九月菊花黄，哥哥当红军，弟弟上学堂”啦，什么“一竿子红旗半天价飘，受苦人一心把革命闹”啦，什么“参加劳动过星期呀，我在队上放小驴儿”呀……俗话说，儿时所学终生难忘，的确是。现在，我还能把那时学的歌一字不落地唱下来。

转眼我到了四年级，姐姐她们那届学生毕业了。我担任了少先队大队学习委员，工作学习很忙。尽管如此，合唱团的活动却是一次也没落过。记得四年级第二学期的一天，李老师把我们年级和五年级的四个女同学叫到办公室，笑眯眯地请我们每人唱一遍《唱支山歌给党听》——那时，正是举国上下学雷锋的热潮时期。我们不知老师用意何在，便都很认真地唱了，结果李老师把我和另一个叫李四雁的同学留了下来。她的神情变得严肃了：“毕业班的同学离校了，其中有我们合唱团的骨干力量。他们走了，我们的合唱团不能垮。今年的红五月歌咏比赛，我们要推出大型组歌《雷锋之歌》。初步打算，请你们两位同学担任领唱，就唱《唱支山歌给党听》。”我和四雁对视了一下，一下子感到又兴奋又紧张。

自那以后，每天晚上李老师和刘老师都轮流带我和四雁在音乐教室练声。两位老师都是音乐学院毕业，要求十分严格，特别是刘老师，简直是一个音一个音地校正。那时，我才真正懂得唱歌竟然也很苦。

比赛的日子一天天迫近了。彩排的那一天，我们合唱团全体同学早早就上了车。女同学白衬衫花裙子，男同学白衬衫蓝裤子。一色的红绸领巾像火苗儿似的在胸前飞舞。我站在第一排正中间，唱高音部。从我左边开始全是低音部。刘老师担任指挥。唱到雷锋童年那一段的时候，我看到刘老师那“满脸旧社会”的样子，忍不住想笑。虽没笑出声来，但眼睛里恐怕是笑盈盈的，因为我看到刘老师好像怒视了我一眼。

接着，八一学校上场了。女同学一律是白衬衫、金黄的绸裙、金黄的蝴蝶结，金花银蕊一般光彩照人，更衬托出红领巾的鲜明夺目，从气势上便压倒了我们，把我们都看傻了。

“人家八一学校是高干子弟集中的住宿学校，有钱，咱们怎么比得了?!”回来的路上，五年级一个男同学小声嘟囔。

“这是没出息的话!”刘老师狠狠瞪了那男孩一眼，“我们是唱歌比赛，又不是时装表演!”

“不过，在服装上整齐划一，也是重要的印象分呀!”李老师沉思地说，“还有几天呢，我们再想想办法!”

“还有，个别同学唱歌一点不投入，不带着感情怎么唱好!”

我当然明白刘老师这是指的谁，立即把头低下去，脸上火辣辣地烧起来。当天晚上，我便借来《雷锋的故事》，细细地读了雷锋苦难的童年，又把歌词在心里默唱了两遍，总算找到了一点“感觉”。两位老师又找到我反复叮咛了一番，让我千万克服爱笑的毛病。刘老师还提醒我，如果我临场感情进不去，就想想自己的什么伤心事。我辗转反侧了一夜，觉得自己的伤心事很多，可就是一件也记不住。

三天之后，正式比赛开始。头一件糟糕的事：李四雁因病无法参加比赛！李老师的脸一下子涨得绯红，紧紧地拉着我的手说：“低音部没有了，你只领唱你的高音部，唱片里也是这样的，问题不大，不影响大局，关键是你千万不要紧张，要沉得住气!”天哪，我怎么能不紧张?! 可我感到她比我还紧张，拉着我的那只手都沁出了冷汗，又湿又凉。

快轮到我们了。两位老师忽然变魔术似的拿出了两捆一色的红裙子，让我们在后台赶紧穿上。这种石榴红色非常好看，可拿到手里才发现，原来这裙子竟是用红色皱纹纸做的！“同学们，这是咱们高年级全体老师在这两天之内赶做的，穿的时候一定要小心，后面是用别针别上的，大家互相帮助一下。”刘老师说完之后，把我拉过去，亲手为我把这纸裙子用别针别好。

大家觉得十分新鲜有趣，都叽叽喳喳地议论着，很快穿上了裙子。别说，这裙子远看一点儿也看不出是用纸做的，在灯光下，那红色皱纹纸呈现出一种特殊的效果，既鲜丽，又挺括，像一片半透明的红云彩。真不知是哪位聪明的老师想出的招儿。

比赛地点是在中关村礼堂。大约都是彩排那天得到的启示，各合唱团这次特别注意衣着。遥遥望去，女生们五彩缤纷的花裙子，似乎构成了一个个花圃的图案，而黑发上系着的蝴蝶结，就像花圃上飞舞的蜂蝶。最前面的一排坐着评委，我们的李老师也是评委之一。

这次，八一学校、实验二小等强队都排在我们前面。八一学校又换了一色的绿裙子，很像一排排生气勃勃的小松树，比彩排时显得更活泼有朝气，也更具有一种整体的美。可惜，领唱的那个男孩子大概因为过度紧张没有唱好，乐队也出了点小毛病，看来夺魁是无望了。可谁知半路上又杀出一匹“黑马”：中关村小学的一个独唱，忽然大放异彩！

那是一个穿浅蓝色裙子的小姑娘，个子不高，却十分活泼可爱，上次彩排的时候，我们就看见她的老师拉着手风琴帮她练声：咪——吗——咪——。她的音色淳美清越，选的歌也十分适合她：“参加劳动过星期呀，我在队上放小驴呀，小驴儿小驴儿驮着我，的个儿的个儿走得急……我把小驴儿赶一鞭儿呀儿哟，小驴儿生了我的气呀儿哟，连踢带蹦蹶后蹄呀，摔了我个嘴啃泥儿……”连唱带舞，表演十分自如，天衣无缝。现在回想起来，她当算作中国早期的“流行歌星”了。当时大家着实被“震”了一下。看来我们不能有任何一点失误。我们只有唱好，没有别的选择。

我们上台了。刘老师指挥，合唱团乐队伴奏。老师给我们的最后一句提示是:高度集中。幕布徐徐拉开,台下一片掌声——这掌声当然是为我们那别具一格的红裙子鼓的。掌声给了我们鼓励,我们把眼睛睁得大大地盯着刘老师的指挥棒。“雷锋的思想红光闪闪,他永远活在我们心间,他鼓励我们要艰苦地劳动,他勉励我们立下宏伟志愿……”我们的歌声节奏鲜明,音色美,乐队也特别争气。两个声部配合得特别协调,简直是超水平发挥。第二主题开始,五年级一个女同学朗诵“水有源,树有根,吃水不忘打井人……”之后,刘老师指挥棒一点,我开始领唱:“唱支山歌给党听,我把党来比母亲,母亲只生了我的身,党的光辉照我心……”我的歌声在大礼堂里回荡,奇怪的是我一点不觉得是自己的声音,仿佛是另一个人在唱。大约是紧张过了头,出现了幻觉。不过幻觉很快就被热烈的掌声打破了,我这才恢复了一点自信。唱到“夺过鞭子,揍敌人”时,我已完全投入了。呵,那真是我永远难忘的一天,当我们最后唱到“让大江南北,让五岭三山都开放雷锋式的花朵”时,全场沸腾了!无数的红领巾在掌声中飘动,我们的四部轮唱铿锵壮美如潮起潮落,台上台下交融成一片壮观的景象——比赛结果,我们获得了海淀区第一名!大家欢腾雀跃,李老师流着眼泪紧紧拥抱了我,刘老师也是泪水盈眶。

就这样,海淀区第一名的荣誉在我们手中保持下来。直到1966年,我们正当小学毕业之际,“全国第一张马列主义的大字报”忽然发表,紧接着,那场史无前例的政治运动开始。我们这些小学毕业生被告知“停课闹革命”,不久,学校的一切工作都停滞,我们的红领巾合唱团也就这样解散了。

一条从丰盛到枯澹的河流

这座都市过去曾经有一条河。

人说，那河是护城河的一条支流。

河滩上有苔，是碧绿的。黄昏时分，空气在水中燃成一束神秘的火焰，火光如此艳丽，光芒四射，使大自然的其他部分都变成了黑夜，变成了死气沉沉的坟茔。

我就生在这河边。在四周的苔藓都亮起来的时候，河流的歌声便无法关闭了。我每天光着脚丫在黄昏时分谛听这神秘的音响。一个小小人儿，沐浴在河水的芳香里，感受河流一天一度的忘情喷发，那时，周围的树木正在把奇异的金色渗入水的倒影之中。

现在想起来，或许那美丽的光来自萤火虫？那些闪闪发光的灯笼是什么时候消失的？那时，从河边回到家里，需要一盏小小的灯笼。不然，若是在雪天，就会失明，或者迷路，走失在护城河边。有时，会被鱼线那样细的一根青草拖到河底，像一片树叶一样翻转着缓缓下坠，一点儿不会掠动河面晶亮的縠纹。也可能，会像蝙蝠一样挂到了都市古老宫殿的飞檐上，在第二天太阳升起来的时候，化作檐上的一个雕像。

河水曾经如月光一般澄明。它漂白着黑夜，把石子上面踏过的小小生命，把那些鱼一样鲜美、月亮一样纯洁的肌肤，漂得发白，漂得幽蓝，一直蓝到孩子们的骨缝里。

是的，孩子。

那时有多少孩子啊！树弟、小乖、五哥、里南、宁远、丽彬、丽

Angry
2014.8

华……当然,还有我。

平常河面光洁如镜,有白鸭浮游。逢到雨天,总有无数小鱼金沙般地遮天障地而来。孩子们用各种自制的网拦截鱼虾,拦住了的,晚上家里的饭桌便飘出浓香。其他的孩子便会循着香味串门儿。那时谁家打个喷嚏街坊邻里都知道,绝不像现在住在高层建筑里那么老死不相往来。在这座都市里,高楼还十分稀少。多的是那一排排苏联专家设计的平房,就像俄式黑面包一样,虽然粗笨,却很结实。它们笨笨实实地排列在那里,直到二十多年后的那场著名大地震席卷而来,它们方显出岿然不动的英雄本色。

再说孩子。

孩子的面容总有相同之处。刚出生的孩子带着同样悲戚的面容,带着一律被挤压的尖脑袋,一律地向左或向右看齐,哭出同样频率的声音——几十年之后我第一次看到护士用连体小车把十二个婴儿推进产房(那里面有一个是我的儿子),我便明白了人类如何能够和必须发明电脑、计算机之类的玩意儿。编制、输入和输出对于人类实在是太重要了。人栖息在复制的精美之中,走向一条冉冉羽化的捷径,满目精致,惨不忍睹。

可是孩子终有一天会从千里之外的想象中苏醒,像河流那样唱起歌,无法关闭。

在树木最高的枝条上,死亡被染成与爱情同样的颜色,诱惑着孩子们长大。他们要长大长高,是为了能够伸手去摘那最高最美的枝条。那时,河流已经瘦成了一弯银钩。

孩子们终于长大成人的时候,河流干涸了。干涸的河床呈现着枯澹之美。

枯河。

枯河依然能够歌唱。在夜深人静的时候,四周林立的高层建筑和现代文明的一切都死去了，唯有枯河里风化的石头和长满皱纹的苍苔飘浮在月光里。一种奇异的音响烛亮了长大成人的孩子的梦境。

于是，丽彬、丽华、小乖、里南、宁远、五哥、树弟……

还有我，所有长大成人的孩子们都在梦境中苏醒了。

我现在正站在这河流的遗址边。这河流于这都市已成历史。

美国的一位环境艺术家拯救了一条河流，使一条濒于干涸的河恢复了它的本来面貌，并且作为环境艺术向世人展示。

这并没有什么不好。然而我却并不希望这河流的复苏。过去了的，不可能重复。而枯澹才是艺术的极致——那是一种很难达到的边缘情境，那是经历过豪华绚丽、弃绝一切脂粉气之后的生命意志，那是一切风景的原初与归属。它是一种高级的美，它具有一种哲人的睿智与诗性的本质。

河旁的苔藓与风化的石头都已深埋地下。或许经过上千万年的磨炼，它们会再度浮出地面，以别的形式。

至于河边的树，它们都已枯澹而沧桑，河边的孩子们都长大了，可是谁也没有够着那最高最美的枝条。按照宇宙规定的序列，我们还远远没有达到那高度，那高度于生命是不可企及的，只有死亡可以超越。

于是我们在宇宙的暗示下向着这高度走去。先行者已经接近了，后面有无数的来者。在世纪末的黄昏，我们向着藏匿着死神的枯河走去的时候，将带着无限的依恋回眸，末日的太阳将在我们的身体上发出神秘的反光。

我们那时将第一次彻底地敞开自己，弃绝一切装潢与伪饰，成为与树木河流同样的自然造物。

那时，宇宙将发出响彻夜空的绝响。我站在那儿，回到了儿时,我听见了那歌唱。我泪如泉涌,像当年的河流一般忘情喷发。在那神秘的音响中我听见父母呼唤我的声音——

——我知道我该回家了。

第二辑　脸之书

孤独是迷人的

——《艾米莉·狄金森传》解读

大家似乎都知道"孤独是可耻的"这句话,然而艾米莉·狄金森的一生把这句话改写成"孤独是迷人的"。

伟大的美国女诗人艾米莉·狄金森——相信至今在中国,也没有多少人真正了解和关心她。

仿佛是机缘所至——1996 年,我赴广州开笔会,当晚,花城出版社社长肖建国表情神秘地把我和林白叫在一起,悄声告诉我们,社里印了《艾米莉·狄金森传》,印得很少,手边只剩下两本了。我俩怀着欣喜接过社长递来的书,捧在手里——后来此书再未重印。

现在,这本珍贵的书就在眼前:作者巴蒂娜·克纳帕(Bettna L. Knapp),译者李恒春。封面是狄金森一生唯一的照片——她简朴的服装隐隐透出一种低调的奢华,貌似平凡的脸上,一双眼睛却暴露出她内心的热烈与狂野、勇敢与坚强。

多年之后我才知道,她之所以不喜欢拍照,是因为她不愿意让自己"被困在木框子"里,除非是诗行的框框——天哪!这是多么强烈的个性!

笔会的那几天,我几乎没有参加活动,而是被此书深深吸引了:它告诉了我一个奇异的女作家真实的一生——生于 1830 年的她,自 28 岁那年便闭门不出,文学史上称她为"阿默斯特的女尼"。然而她并非女尼,从她身上会知道:"孤寂"并不一定是负面的,它也可以是一种迷人的正面力量,我们的女诗人不过是厌弃红尘纷扰,她自我幽闭的内心深处,有海,有花,有星,有月。最重要的是,

2013. 7

她很早就悟到了:灵魂应当选择自己的伴侣——她很早就敢于和别人不一样。譬如她给朋友艾比尔写信时写道:“当我最幸福时,每一个乐趣都隐含着刺痛,我认为无刺不成玫瑰,我的心中有痛苦的空虚,使我坚信这世界不能完满……我希望将来天堂的大门会为我打开,安琪儿会称我为姐妹,然而,我还是不愿成为基督徒。”

她一直没有皈依宗教,为此,“加在她身上的压力是无情的,包括威胁与羞辱,但她却从未动摇”——后来她终于明白,她之所以一直没有皈依宗教,恰恰是因为她如同夏娃一般偷吃了智慧之果——她的智慧令她无法返回到童年的伊甸园,一个敢于选择与别人不一样的人,势必一生尝尽痛苦,包括精神上和肉体上的双重痛苦。

在迄今为止中国出版的有关狄金森的诗集与介绍中,对于她的闭门不出一直语焉不详,然而此书却翔实地揭示了这一原因,为狄金森一生的秘史开启了一条神秘的通道——那通道直达女诗人的心灵深处:狄金森生于一个富有的家庭,也曾经有过快乐的童年,然而很快,一切都变质了。随着岁月的推移,她与父母与兄妹的关系变得复杂而微妙,她在少女时代便开始照顾多病的母亲,她觉得母亲“无法亲近”,死亡在很长的时间内笼罩着她的母亲,使整个家庭变得“压抑不安”。狄金森在晚年时这样回忆道:“我从未有过母亲,我猜母亲就是当你有烦恼时可以急切寻求帮助的人。”她又写道:“孩提时,当我跑回家时,总有一种恐惧感,生怕有什么事情会降临到我头上。”对于父亲,她更是怀着一种复杂的情感:一方面,她觉得他令人敬畏;另一方面,她绝对无法容忍父亲对她才华的无视,她的父亲对她哥哥奥斯汀的偏爱给她的心灵投下了巨大的阴影,这使她与哥哥的关系一度紧张。她在一封信里用讥讽的语气写道:“奥斯汀是诗人了!……滚一边去吧!……”女诗人强烈的个性与神经质使得她烦恼不安,她曾经寄希望于爱情,她完全不是有些人猜测的那样如同清教徒一般,而是怀有极其强烈的爱欲。25 岁那年她深爱上一位牧师,而不幸这牧师是个有妇之夫,她的爱情无法宣泄,只能怀着初恋的心情给他写信,她把自己的诗比喻成“我的花朵”,把他比喻成“西方的唇”……但是爱永远是双刃剑,爱有多深,伤害就有多深!心中的爱化作烈焰,把她敏感的心燃烧得疼痛难忍,由爱而生的苦恼与伤害使女诗人的心在流血,经过内心痛苦的挣扎最终她选择了“隐藏”。她的隐藏,不但包括了她的爱情,也包括了她超尘绝俗的诗句——以至于她在生前,只发表了七首诗,留下的诗稿却有一千七百余首。她在孤独中埋头写诗三十年,死后留下的是整整一座令人惊叹的玫瑰园!直到美国现代诗兴起,她才作为 20 世纪现代主义诗歌的先驱者受到热烈追捧,对她的研究成了美国现代文学批评中的热门,她本人也成为与美国文学之父欧文与大诗人惠特曼齐名的伟大诗人!

美国人献给狄金森的铭文是:“啊,杰出的艾米莉·狄金森!”

而在中国,其实早在 1984 年就出了第一本《狄金森诗选》,那时的中国读者甚至学者,还不知道狄金森是谁,而在《中国大百科全书·外国文学》卷第 251 页,也只有“狄更生”名下不足半页的文字。

2000 年 10 月,百花文艺出版社出版了《孤独是迷人的》——艾米莉·狄金森的秘密日记。此书对中国的学界颇有影响,许多人开始对这位奇特的女诗人产生了兴趣。

如果说,美国人是在狄金森去世后才真正认识她的价值,那么中国几乎要晚了一百年,甚至更长!因为至今,狄金森也没有进入中国的主流,她只是在中国的学界,特别是在像我这样迷恋她的读者当中产生了深刻而长远的影响。然而我相信,她美丽真挚而直击灵魂的诗行,迟早要进入中国广大读者的视野——她的诗让我们可以分享她深刻的思想——那是关于死亡、永恒、自然与爱,也就是生命中最最本质的哲学。

“我是为美而死——被人/安置在这个坟冢/有人是为真理而亡的,也被葬在旁边的穴中/他曾轻声问道‘你为何而死’?/‘为美。’我回答/‘我,为真理——两者都一样/我们是兄弟。’他说话/就这样,像两个男人,相会在这个夜晚/隔着墓穴交谈/直到青苔爬到我们唇边/将我们石碑上的名字遮掩……”

这样的诗句,真是令人战栗啊!!

为美而死?谁敢说这样的话?只有我们的女诗人!为美,为形而上的原因而死,在中国的文人中似乎已经绝迹了,仅仅有80年代的一位诗人海子。据说蒋子龙曾经有个讲座的名字叫作“中国作家,你为什么不自杀?”——的确,纵观世界文学史,有多少作家为形而上的苦恼自杀?!海明威、叶塞宁、川端康成、三岛由纪夫、茨威格……这真是一个奇特而令人恐惧的现象,这类作家由于他们的纯粹而与现实格格不入,义无反顾地走入了自己的秘密世界,他们接近神祇,与神祇对话,天生与尘世无缘,只好逃避在文学或艺术的象牙塔之中。当然,并不是说为自己的精神理想,非要去疯去死才算纯粹,但是对于这样的作家,我表示由衷的敬意。

而在中国,几乎人人都在进行现实主义写作,写心灵的内省式作家被无形边缘化,很多人成了一世主义者,在这个娱乐化时代,成了既得利益者,何来灵魂的煎熬与苦痛,更遑论为形而上的原因而自杀!有的只是在汶川地震之时,那位山东作协副主席的“鬼诗”,竟然在人民的大灾难面前,还不忘歌颂官僚与权势者,从而为自己的升迁找敲门砖!

狄金森在自己的诗中“为美去死”,她的肉身活了下来,生活在一个小镇上，她是为自己选择了一条向死而生的道路！这对于她是一个很早便领悟到的人生真谛，对于与尘世无缘的人来讲，更是难乎其难啊！

终于，在狄金森成为40岁的老姑娘的时候，曾经做过她的伯乐的希金森来到阿默斯特专程看望了这位女诗人。因为长期独处，她已经“不太习惯与人交谈，说起话来扑朔迷离前言不搭后语”。尽管如此，希金森对她的印象仍然“非常深刻”。

狄金森的诗中我最喜欢的一首是《灵魂选择自己的伴侣》，我几乎可以把它背下来了：

灵魂选择自己的伴侣
接着把门关紧
那无比神圣的决心
再也不容干预

心不动
即使华车恭迎
在蓬门之前
心不动
即使皇帝亲跪
在门垫之上

任凭弱水三千
仅取一瓢
然后心再无旁念
磐石入定

现在,我再次拿起这本书,拉开窗帘,看着北京的一个普通的夜晚,想着百余年前美国的一位女诗人,也许也曾经像我这样拉开窗帘,看着阿默斯特初升的月亮。那百余年前的月亮的光辉,此时也正在沐浴着我,而我,还远远做不到“磐石入定”。

相信再过若干年,狄金森的诗句会穿越时空,真正走入中国人的灵魂深处,因为,她是不朽的。

寂寞猛于虎

——评木心先生《竹秀》

木心先生辞世引起了木心大热，我却是早已中了他的毒——自读了2006年他的第一部在中国内地出版的书《哥伦比亚的倒影》之后。

其中《竹秀》一篇，以其独特韵味与内涵吸引到我。内中写到莫干山的虎与米粉肉，记忆至今：“粗粒子米粉加酱油蒸出来的猪肉，简直迷人，心想，此物与炒青菜、萝卜汤同食，堪爱吃一辈子。”木心为掩饰饕餮本性，又拉出伍尔芙：“伍尔芙夫人深明此理，说得也恳切，她说，几颗梅子，半片鹌鹑，脊椎骨根上的一缕火就是燃不起。燃不起就想不妙写不灵。”——深以为然！作家们大抵乃贪馋好色之徒，清教徒或许做不了好作家。

木心上来便有惊人之语：“一旦美好的事物逃离仅供观赏的价值而展示出世俗的功能之时，便已然成为奴性。不但如奴性般可耻，还如日常生活一般可笑与寂寞。”

而木心在莫干山上的深夜来客，竟是猛虎！然而他竟然任其“撕拉撕拉地抓门”，而他则“恬然不惧而窃笑”。直到虎离去之后，木心方道：“这倒是可怕的。”

原来，木心害怕寂寞甚于怕虎。“人害怕寂寞，害怕到无耻的程度。换言之，人的某些无耻的行径是由于害怕寂寞而做出来的。”——真是于无声处听惊雷啊！——任凭虎在外边挠门，而木心在屋内“恬然不惧而窃笑”，还在感叹虎的智商不够，“不懂得退后十步”而借力撞门，如此的境界，文人中恐怕也只有木心先生了。

翌日知道确实是因虎而想到买羊腿吃，恐怕也只有他才想得出来。由怀疑羊腿不得而失落，到突闻“红烧羊肉的香味”的喜悦，再到见到“烫热的家酿米酒”“大碗的葱花芋艿羹”“浓郁郁的连皮肥羊肉，洒上翡翠蒜叶末子，整个金碧辉煌”，于是这时木心感叹“中国可爱”了。而我们，也不由得要感叹木心先生的可爱了！

全篇高潮来了——莫干山大雪之夜，木心渴望一个鬼魂来与他聊天，“这种氛围再不出现鬼魂，使我绝望于鬼的存在”。周围这样静，连吹蜡烛的声音都显得“响”，枕边的锦盒旁有一本日记，日记里夹着照片，照片背面写着“竹秀敬赠”，于是木心把“竹秀”二字写了大概六百遍，睡着了。却又被大雪折竹的声音惊醒了。

最后他总结：在都市中，更寂寞。路灯杆子不会被雪压折，承不住多少雪，厚了，会自己掉落。

木心此文，害得我两赴莫干山去寻找“竹秀”意境。老虎当然没有遇上，那种“粗粒子的米粉肉”也未见踪影，倒是吃了红烧肉，酱油烧的，确实很香，还有木心向往的炒青菜和萝卜汤。当然，最让我动心的，其实还是那茂密的竹林！我与木心的年代，相隔远矣，然而那一片竹秀却依然存在于时间的长河之中，不能不令人感叹！寂寞，自然是有的。只是没有木心先生那般胆壮，与老虎相比，我还是忍受寂寞吧。

海外评木心乃百年不遇之天才作家，为的是他那不像小说不像散文不像诗不像词的文字，那种独特，除了“天才”二字，实难尽言。“发纤浓于简古，寄至味于淡泊”——妙哉木心！

在当代书写爱情之难

在新书首发式上，评论家施战军说：《天鹅》是当代非常需要的题材，但也是作家几乎无法驾驭的题材。我深以为然。

其实就这部小说的最大难点来说，并不在于音乐元素与“非典”场景的还原，而在于写拜金主义时代的爱情，实在是难乎其难，稍微一不留神，就会假，或者矫情。何况，我写的还是年龄、社会、文化等背景相距甚大的一对男女。

在一个物化的世界里，真情变得越来越难，正如我小说中说的，现在是笑贫不笑娼，裸模都能登大雅之堂，中学生都在援交，良家妇女都在一夜情，而纯真的感情反而遭人嘲笑。

有时我很感慨于现在某些人的爱情观。他(她)不是在爱，而是在算计，以输赢成败论英雄，谁动真情谁就是输家。譬如我认识的一个70后的女生，容貌中等偏下，但她可以把几个男人同时玩弄于股掌之中。完全靠手段，什么时候需要谁，算得很精确，就像学过运筹学似的。她觉得自己就是胜利者，很以此为自豪。这类人不少，甚至有一批所谓精英女性都是如此，觉得自己很有生活智慧，譬如她们认为在爱情中运用手段获取男性青睐，然后让自己在与男人的关系上掌握主控地位从而获得更多的金钱财富是一件特牛的事。但其实，这是一种严重的自我贬低和丧失尊严。

在《天鹅》扉页我写了爱情是人类一息尚存的神性。很多人一生是没有爱过的，而且他根本不懂得什么是爱，甚至没有爱的能力，真爱不是所有人都有幸遇见的。正如一位哲学家所言，真爱能

Love Story
Love S.
I love you
Me too
I love you
Me too
I Love you
Me too
Love
Me too
I Love
Me too
Love
too
Love you
too
I love you
Me too
I Love
Me
M.
ove
Xiaobin
2014. 5. 20

waiting
Xiaopin 2014. 3

在一个人身上发生，至少要具备四条：一是玄心，二是洞见，三是妙赏，四是深情。只有同时具备这四种品质的人，才配享有真爱。

玄心指的是人不可有太多的得失心，有太多得失心的人无法深爱；洞见指的是在爱情中不需要那些特别明晰的逻辑推理，爱需要一种直觉和睿智；妙赏指的是爱情那种绝妙之处不可言说，所谓妙不可言就是这个，凡是能用语言描述的就没有那种高妙的境界了；第四个就是深情，深情是最难的，因为古人说情深不寿，你得有那个情感能量才能去爱。深情被当代很多人抛弃了。几乎所有微博微信里的段子都在不断互相告诫：千万别上当啊，在爱情里谁动了真情谁就输了，等等，这都是一种世俗意义上的算计，与真爱毫无关系。

我历来不愿重复，可是有关爱，不就是那么几种结局吗？难道就没有一种办法摆脱爱与死的老套吗？如果简单写一个爱情故事，那即使写出花儿来，又有什么意义呢？——这是我面临的又一个难题。

恰在这时，一个香港的朋友给我介绍了几种治疗失眠的办法，其中的一种便与西方的灵学有关。说是灵学，其实相当地唯物主义：物质不灭嘛。物质不灭，但是可以转换形态，所谓生死，堪破之后，无非就是形态物种之转换——所以我设计了一个情节——男主角的遗体始终没有找到。而女主角按照男主角的心愿完成歌剧后，在暮色苍茫之中来到他们相识的湖畔，看到他们相识之初的天鹅——于是她明白了自己该怎么办——她绝非赴死，而是走向了西域巫师所喻示的超越爱情的“大欢喜”——所谓大欢喜，首先是大自在，他们不过是由于爱的记忆转世再生而已，这比那些所谓爱与死的老套有趣多了也新奇多了。

其实最初的想法是来自一个真实的故事，“非典”时期曾经有一对恋人，男的疑似“非典”被隔离检查，女的冲破重重羁绊去看他，结果染上了“非典”，男的反而出了院。男的照顾女的，最后女的还是走了，男的悲痛欲绝。这个错位的真实故事让我颇为感动。

我喜欢那种大灾难之下的人性美。无论是冰海沉船还是泰坦尼克都曾令我泪奔。尤其当大限来时乐队还在沉着地拉着小提琴，绅士们让妇孺们先上船，恋人们把一叶方舟留给对方而自己葬身大海，那种高贵与美都让我心潮起伏无法自已。而这部小说最不一样的，是关于生死与情感，是用一种现代性来诠释了一部超越爱情的释爱之书。

看古人如何谈情说爱

终于看了全本的青春版《牡丹亭》。

遗憾的是：白先勇先生此次未能率苏昆前来，他的秘书郑小姐告诉我，先生“病了”。

与先生相识还是在1999年12月，当时他访问大陆，我们一起吃了饭，席间，他还曾讲到他父亲白崇禧将军二三事，十分有趣。之后没有联系，直至前年北京文学节，因他获奖，北京作协让我想办法与他联系，也是巧了，彼时他正在苏州昆剧院。得知获奖的消息他十分高兴。但我因出差未能参加文学节，更加遗憾的是：未能看到2004年《牡丹亭》的演出。

这部戏的缘起是在2002年，当时白先勇应邀在香港为大学生们讲昆曲，演讲的主题是“昆曲中的男欢女爱”。——“要让青年人看看古人是怎么谈情说爱的”。当时他要求主办方请四位青年昆曲演员配合讲座临场示范，而且一定要俊男靓女。于是主办方从苏昆请来四位演员，结果大受欢迎。讲座的最后一天，尽管下着雨，门票50元港币一张，1500个座位依然座无虚席。由此，先生下了决心，一定要把《牡丹亭》——中国文学最美丽的一则爱情神话重新搬上舞台。

于是以往从不喜在公众场合露面、不喜接受媒体采访的白先勇开始为这个梦想托钵化缘了，而苏昆的配合也十分默契。白先勇选角很有一套，此前他就曾亲自出马为根据自己小说改编的影视剧挑选演员。譬如《游园惊梦》中的卢燕、胡锦，《金大班》姚炜、

《玉卿嫂》杨惠珊都是白先勇相中的。他对柳梦梅的要求是：书卷气浓，风流儒雅，个子不能矮也不能太高——这要求够苛刻的了，可他还就是找到了！他找到了苏州昆剧院的青年巾生俞玖林，几乎是在同时，他也找到了理想中的杜丽娘——沈丰英。杜丽娘的外表柔美羞怯，内心坚强叛逆，沈丰英恰恰相符。接下来，他又做了一件破天荒的大事：亲自出马请动两位昆曲名家，用一年的时间驻扎苏州，将箱底宝贝传授给这两位年轻人。他坚持两人在拜师时一定要"三跪九叩"——而他自己则从文学和心理角度帮助演员理解角色。他告诉沈丰英，你看柳梦梅不能瞪着眼睛去看，大家闺秀一定要含羞瞥视，就是这种微妙的眼神，竟然排了百余次之多！

我们在观赏此剧的时候充分注意到这种眼神，拿捏得真是美啊！不由得让我想起龙冬最近说的一句话："那时候，男的像男的，女的像女的！"

至于改编，白先勇说得很清楚，昆曲如同文物，轻易碰不得："唐伯虎的一幅古画，破了旧了，你只能去补它，修它，裱得漂漂亮亮的，放在博物馆里，灯光照得很好，把它的美衬托出来。他已经画得那么好了，已经是杰作了。如果去加几笔，涂一涂颜色，那就破坏了。""昆曲的曲牌都是诗，现在的人哪里有本事写那么美丽的诗？写得过汤显祖吗？用白话写就不是昆曲，那是话剧。"

也许正是出于这种明确的构想，《牡丹亭》中最经典的《惊梦》《寻梦》《冥誓》等等，几乎一字未动，即使动也不是改，而是删。因汤显祖的五十五折实在太长了。

而《牡丹亭》的视觉之美，更是令人惊叹。白先勇邀请了港台与大陆一流的主创，花神服装上的图案都是著名导演王童用画笔一笔一笔地画上去的；著名编舞吴素君为《牡丹亭》编排了三段花神的舞蹈；而作为台湾著名的舞台设计大师，林克华在《离魂》一场戏中，让杜丽娘在花神的簇拥之下，身披大红曳地斗篷，慢慢走向舞台深处，蓦然回首，黑幕之上，一束血红的追光，竟有着一种荡魂摄魄的美丽，把人看得心都醉了，心都碎了！害得我数天之内，什么也干不下去，耳边只有那优美绝伦的唱段："……原来这姹紫嫣红开遍，似这般都付与断井颓垣，良辰美景奈何天，赏心乐事谁家院？"

照我看来，先生大概一直有着"《牡丹亭》情结"，据说他小时候曾在上海生活过数年，被梅兰芳、俞振飞在美琪大戏院演出的《牡丹亭》中的一折《游园惊梦》深深打动。而2001年联合国教科文组织宣布昆曲为"人类口述和非物质遗产代表作"一事也令先生震撼，所以他说："最好的文化、最美丽的一朵牡丹在你的后院里面，你不去欣赏，不去灌溉，人家是不会替你做的。"于是他做了，他真的为昆曲艺术，为中国，为世界做了一件大事！

自然也有根本不买账的。譬如蔡康永先生曾经写过一段趣事：白先勇有一次找他去帮着改编《谪仙记》的电影剧本。先生讲到青梅竹马小伶人排演昆曲《长生殿》的场面，索性站起来演给蔡康永看。先生唱了两句，发现蔡康永没什么反应，停下来看着他说："咦？你不喜欢《长生殿》呀？""不喜欢。唐明皇一个皇帝，跟杨贵妃一起咿咿啊啊地跷着小指头跳扇子舞，不喜欢。""哎呀！"先生顿了一下脚，觉得自己对牛弹琴，"那你喜欢昆曲《游园惊梦》吧？""也不喜欢。主角演睡觉，观众也睡觉。""哎呀呀！"先生连顿两下脚，怀着最后的希望问道，"那你总喜欢《红楼梦》吧？"没想到蔡康永依然回答："不喜欢。他们老在吃饭！"这回先生把脚重重顿了三下："你怎么可以不喜欢《红楼梦》?!"蔡康永的讲述好玩极了，活脱脱画出了一个真实的白先勇，不是这样的白先勇，又如何制作得了《牡丹亭》？

苏昆青春版《牡丹亭》今年又来京演出了，的确是美轮美奂，令人叹为观止。

莎乐美的七重纱

法国浪漫主义画家居斯塔夫·莫罗的莎乐美系列绘画于1876年在巴黎的沙龙和1878年在巴黎世界博览会上展出，使无数观者叹为观止：《幽灵出现》中的莎乐美面无表情，美艳绝伦，曼妙的乳胸上缠绕着神奇的宝石。在王尔德的戏剧《莎乐美》中，希律王是这样描绘那些宝石的："我有乳色烧制的玉石，犹如冷冽的火光，如同悲伤男子的心，害怕独处在黑暗之中而不见天日……我有大如鸡蛋的蓝宝石，如同花朵一般青蓝。海洋徜徉其中，月色从不会从里头的浪潮中消失。"莫罗的色彩，正是这样一种花朵、玉石与月亮的色彩，互相映照，令人无法描摹。

这幅画取材于宗教故事，画的是正在希律王宫廷中狂舞的莎乐美见到施洗者约翰的人头忽然大放灵光，受到强烈刺激的一瞬。传说莎乐美是公元前1世纪大希律王的孙女，以美丽妖冶著称。其母希罗底也是当时著名美女。希罗底初为其叔希律腓力之妻，后又为另一叔父希律安提帕霸占。施洗者约翰于是指责她乱伦，她怀恨在心。一日，正值希律王生日，希罗底令其女在宴前为王舞蹈，王大悦，遂愿满足莎乐美的一切要求。在希罗底的唆使下，莎乐美便要施洗者约翰的人头，王从其愿，将约翰杀死。

世界上只有两种感情能够把人永远联系在一起：爱，或者恨。这是古巴比伦的神示。莎乐美的故事被反复改写，最著名的自然是王尔德的作品，《圣经》故事被改为这样的情节：巴比伦公主莎乐美爱上施洗者约翰，因为无法得到后者的爱，她为觊觎其美色的继父希律王跳"七重纱舞",作为交换她要求希律王杀死约翰。如愿以偿后莎乐美拾起约翰的头颅抱在怀里亲吻其嘴唇,这时希律王发现了莎乐美的变态,后悔杀了圣徒,于是下令将公主杀死……

这样一个美丽而残忍的故事当时轰动了整个欧洲。而更为令人震惊的是著名的"七重纱舞",它几乎还原了莫罗的画,除了那些堪与花朵和月亮的色彩媲美的阿拉伯宝石的点缀之外,莎乐美几乎是全裸的。难怪日后有一位勇敢的女高音,在演唱歌剧《莎乐美》时,脱去了全部七重纱,她说,应该还历史以本来面目。"七重纱"成了世界历史上最有名的舞蹈。很多舞蹈艺术家都跳过"七重纱"舞。甚至连蒙塞拉·卡巴耶这样伟大的女高音也不例外。

据说,上帝有七层面纱,掀开最后一层面纱,真理便现身了。

然而真理并非人人都敢于直面的,因此,舞台上的七层纱总会留着最后一层,按照中国人的古训似乎就是:最好别捅破那层窗户纸。真的,不是所有人都有直面真理的勇气,更不是所有人都能看到人类处境的终极意义。

但是那位勇敢的女高音违反了游戏规则,她让观者直面她——莎乐美的身体的结果,是让人感觉到了肉体的无比残酷。

自己得不到的东西,至少要让别的任何人也得不到——这是世界上一部分人的内心隐秘。于是莎乐美只好杀了约翰。这是一切莎乐美的宿命,他们必定会有得不到的东西,巨大的受挫感让他们宁可毁灭式地同归于尽,也不愿坐视自己的宝贝被别人夺走。

"亲爱的,我真的很爱你——我会永远爱你——但首先,我得杀死你。"——如果上帝只允许莎乐美说一句话,从她嘴里说出的只能是这一句。

人们永远记得莫罗画中的莎乐美，那个美艳而阴毒、戴着阿拉伯宝石狂舞的准裸体女子，但有谁曾经目睹过莎乐美的七层纱呢？我想，那大概是有历史记载以来最早的脱衣舞吧。

伯格曼:手执魔灯的大师

——谨以此文悼念伯格曼大师

多年以前有一部电影让我产生了一种真正的惊悚之感,那就是《呼喊与细语》。同时我知道了它的导演叫作英格玛·伯格曼。

瑞典电影大师伯格曼把人与人之间那种隐秘的、令人悲哀的关系推向了极致:死去的大姐因为生前未能得到姐妹亲情的温暖,死后还在渴望与妹妹体肤的接触;二姐因为厌恶丈夫、不愿与之过性生活而竟然用利器刺破阴道,将鲜血涂了满脸……伯格曼的影片有一种魔力,它能够击中、穿透和撕裂所有人的心。

后来就读了伯格曼自传《魔灯》,越发相信:真正的大师都是由他的童年造就的。伯格曼出生于瑞典的一位牧师家庭,他自小瘦弱多病,敏感早慧,极其看重母亲的爱。四岁的时候,因为妈妈给他生了个小妹妹,他觉得在一瞬间失去了妈妈的爱,便对小妹妹心怀敌意,险些扼死了她。他甚至以装病的方式来博取母亲更多的爱。再大些,他开始用冷酷无情来掩饰这种爱,可是,当妈妈突然辞世之际,伯格曼再也掩饰不住自己的情感,他痛哭失声,一直守在妈妈的灵前,幻想着妈妈还在呼吸。我想,正是因为有了这种对爱、对亲情的极端渴望与叛逆,才有了《呼喊与细语》。

我历来以为,文学艺术大师大致分为两种:一种是社会型的,如托尔斯泰、巴尔扎克、雨果、罗曼·罗兰等等;另一种则是内省型的(或许不确切,需要有个新的名称),如卡夫卡、普鲁斯特、三岛由纪夫、陀思妥耶夫斯基……包括凡·高、塞尚等等。就我个人品位而言,似乎更喜欢后者。因为后者与文学艺术本体、与生命本质更为接近。

按照伯格曼敏感早慧的天性与童年遭际，他无疑也属于后者。早在中学时代，伯格曼就得到了一部电影放映机。那是一个普通的圣诞节。父母把一个小型的放映机作为礼物送给了伯格曼的哥哥，伯格曼于是痛苦得“号叫”起来，他钻进了桌子底下，不吃不喝，直至哭得昏昏睡去。也许是上帝看到了这个小孩子纯真的悲伤，于是上帝开了恩：伯格曼用自己的礼物——一百个锡制的士兵与哥哥交换，最后得到了这个原始的电影放映机。

这就是伯格曼的魔灯！“它带有一个弯曲的灯罩，黄铜镜头和金属支架的造型是那样美丽。”当少年伯格曼带着惊喜看到雪白墙壁上映出的草地上的女郎时，他知道自己的这一生已经别无选择。

一扇通向心灵秘密通道的门开启了，他走进了属于自己的秘密世界。在魔灯的照耀下，那个世界似乎是人类世界的真实写照，然而又全然不是。它的每一个细节都是不真实的，然而魔灯又把它们变成了真实。那就是电影，那就是在伯格曼的魔灯照耀下的电影。正是有了第一盏魔灯，才有了后来的《危机》《罗科尔与影院看门人》《黑暗中的音乐》《监狱》《三种奇怪的爱情》《夏日插曲》《女人的期待》《秋天奏鸣曲》《野草莓》《呼喊与细语》《芬妮与亚历山大》……他把电影院里的观众都引向了他的秘密世界，和他一起哭，一起笑，一起发疯，一起舞蹈……

20 世纪 90 年代以来中国电影在海外声名鹊起，频频获奖，可恰恰缺少这种揭示人性本身的片子，并且随着电影市场化的发展，这种可能性恐怕也将越来越小了。这是中国电影的遗憾，也是中国人的遗憾。国人的遗忘机制似乎从一开始就决定了会忘却童年的秘密，而那个秘密却一代又一代地活在孩子们的心里。可惜，孩子一旦成人就把心里的那个秘密忘了，而且一点儿也不懂得自己的孩子，一点儿也没想到那孩子便是自己的过去。而孩子，却一直被那可怕的秘密烧灼着，直到成年。这大概就是我们的悲剧所在。

伯格曼大师却始终记着他童年时代的秘密，他勇敢地用那盏魔灯照亮了人性深层的黑暗。而我们的电影人，尽管可以通过努力熟知所有的卖点、技巧，深谙发行之道，甚至电影的美学意义，却唯独缺少了探索人类灵魂的勇气。也正因如此，我们的电影人可以荣获所有的奖项，得到所有的荣誉，成为最优秀的导演，却永远无法达到伯格曼的高度，永远不能成为——大师。

爱不过是个枉费心机的企图

无论这结论多么残酷,我们不得不承认:性沟远远深于代沟——特别是在这个商业主义神话的时代。

如果说,前几年我写的《双鱼星座》,还顽固地站在女性立场,为女人说话,那么,现在我刚刚在《十月》第三期发表的《别人》则完全站在了一个“公允”的立场——因为长久以来我发现,男人与女人完全是两种动物,两性之间可以说从根本上就互不了解,男人对于女人来说,根本就是“别人”,反之,也一样。

为了把故事推向极致,我设定了两个极致人物,一个是会用塔罗牌占卜的老处女,另一个是没经过恋爱就结了婚的男人。于是两性情感上的错位不可避免地发生了。

男性与女性在爱情方面的投入永远是不等量的。对于男人来讲,如果他仅仅得到一个女人便满足了的话,那么他也绝不会是世俗意义上的“男子汉”了。而对于女人,那个她爱上的男人却是她“整个的生命”。老姑娘何小船那貌似无理的争吵,无非是她爱得太深又怕失去对方的那种恐惧造成的,仅仅这一点便注定了她的失败。

男人很难真正理解女人。在古代,算命先生从不看女人——他们认为女人的命运是不可测的。现代亦如此。很少能有男性作家写出女人真正的隐秘。正因如此,男性的女性观常常会走入误区。反之,女性也很难真正理解男人。那男人在走近何小船之后便很快觉得自己犯了错误,想退步抽身了,他是个对家庭有责任感

Xiaobin
2013. 12

的“好男人”，即使没有爱情也算不得什么，而有了这份情感之后他很快便觉得自己有罪，正是这罪孽让他惨遭失去父亲的“报应”——对此，何小船不仅毫不理解，反而在自己编织的自欺之网中越陷越深。“她要的恰恰是他不能给予的，也是这个世界不能给予的。这个世界再不需要什么眼泪、痛苦、真诚和感动，这些词都已经和即将过时，她张开双臂拥抱的，不过是一种华丽的虚幻，这个世界需要的是说谎和假笑，连她自己不是也在说谎吗？为了他的感情天平向自己倾斜，她不是一直没有戳穿自己制造的那个谎言吗？”

纯而又纯的爱情说到底不过是一种幻想，是人类用以自欺的一种方式而已。不过话说回来，真的无法想象一个人在获得了完美爱情之后的结局。假如梁山伯与祝英台、林妹妹与宝哥哥成了夫妻，有了孩子，又会如何呢？

所以我很欣赏萨特的一个观点：“爱不过是个枉费心机的企图，这个企图就是占有一个自由。情人们既要求这个誓言又恨它，他想被自由所爱，又要这个自由是不再自由的自由。”——这真是一个天大的悖论。我想，能超越这悖论的，大概只有死亡了。爱走向美的极致便是死亡，可惜这是文学艺术的审美需要，凡人们大抵无此勇气，也无此必要吧。

因此我写了《别人》——一部残酷地揭示情感真相的心理小说。

一种晕眩

读书可以令人产生一种晕眩，或许是一种智性的晕眩，它令我们突然对周围现实的一切视而不见，或者将现实转化为一个混沌而多义的白日梦。昆德拉曾经这样说过："如果说小说存在的理由是把'生活的世界'置于一个永久的光芒下，并保护我们以对抗'存在的被遗忘'，那么小说的存在在今天难道不比过去任何时候都必要吗？"

我想昆德拉的这个说法大概是被多数写作者所认同的（尽管昆德拉并不喜欢"多数"这个词），但是，"存在的被遗忘"却每天都在发生，岂止是被遗忘，简直就是被改写甚至被有意歪曲，我在我的一本书中写道："时间可以把历史变成童话。"《罗生门》的故事不断地出现在每个叙述者的叙事中，造成更大程度的晕眩。

曾经以为伟大经典会人人称道，实际绝非如此。譬如《红楼梦》，与很多朋友交流，他们竟颇不以为意，即便圈内不少作家亦如此。而《红楼梦》曾经是我整个青少年时代的梦魇，接下来是《安娜·卡列尼娜》，再后来是茨威格的《一个陌生女人的来信》、陀思妥耶夫斯基的《被侮辱与被损害的》，然后是梅里美、托马斯·曼、卡夫卡、马尔克斯、博尔赫斯、米兰·昆德拉、三岛由纪夫、普鲁斯特、卡尔唯诺、罗伯·格里叶……这样的一根链条，基本构成了我读书的历史，自然，其中颇穿插了些对诸如控制论的鼻祖维纳，博弈论的泰斗爱欧斯特，心理学家弗洛伊德、荣格，画家莫罗、弗鲁贝尔、霍伯乃至生物学家劳伦兹等人的兴趣与不可遏制的热爱，书读杂了，自然会产生更大程度的晕眩。

有趣的是这根链条之间的关系与被改写的潜移默化性。譬如安娜·卡列尼娜，她被情爱这个理所当然的动机引入小说之中，托翁作为叙述者，十分冷酷地决定了她的命运，当安娜重返家中，与儿子谢廖沙见面的时候，她命运中的悲剧元素达到了顶点，而在渥伦斯基这里，爱的价值却戴上了面纱，失去了具体内容的爱只剩下了没有结果的命名。托翁无意间安排了一种爱情模式——它也许适应一切男人和女人，那便是托翁所描述的：假如渥伦斯基的整个事业是一座金山，安娜不过是金山上的一粒金沙而已，而安娜，却是用整个生命在爱着他。

也许古今中外所有的爱情故事都无法超越这个模式，但昆德拉在《生命中不能承受之轻》里却试图改写这一模式，特丽莎与托马斯的爱表面上是托马斯一次次地背叛了爱情，而实际上，却恰恰是特丽莎用自己的软弱把托马斯一步步地引向死亡。托翁的爱情模式在昆德拉这里被改写成了性与爱的背离，从来只能与女人做爱而不能睡觉的托马斯从一开始便惊奇地发现：他竟然拉着特丽莎的手睡着了——“特丽莎就像是从山上的溪流里远远漂来的一只小篮子”。

更有趣的是我读书历史的链条与绘画发展史一样，也经历了一个从人性化到物化的过程：从宝黛之间的至情至爱，发展成了罗伯·格里叶笔下那些机器化的人、极其精致的物质书写与SM式的受虐场面。

这引起了我更大程度的晕眩。萨特曾经竭力强调“选择”的重要性，但是在“是”与“不”之间，现代人往往无法选择。

关于自然之子及其他

前些时看诺贝尔生理医学奖获得者劳伦兹的作品《所罗门王的指环》，颇有心得。劳伦兹的家人和劳伦兹一起生活，都成了生物学家，而劳伦兹的家，简直就成了个动物园，或曰：人与动物群居的乐园。

劳伦兹在家里起码养了二十余种动物。他和他的家人与动物之间的趣事不胜枚举。譬如有一回，劳伦兹刚刚买了一块崭新的洋红色俄式地毯，他在湖边散步的时候，突然发现雁鹅们不见了，心想大事不好，便一路小跑着回家去。果然，就在他自己的书房里，他的老父亲坐在中间的椅子上，优哉游哉，怡然自得，正给雁鹅们喂面包卷儿吃呢。雁鹅们围了一圈儿，大嚼着，那块美丽的洋红色地毯上已经有了一圈黄绿色的痕迹，那黄绿色令劳伦兹瞠目结舌。

又有一次，劳伦兹出差回来，在火车站，突然看到一只大鸟在天空盘旋，他一下子下意识地感到，那就是他曾经救过的一只鸟，当时那只鸟受了重伤，躺在他家附近的湖畔。他把它抱回家，悉心照料，几个月后，鸟的伤好了，重新飞向天空。在他看见它的那一瞬间，他的脑子里闪过一个奇异的想法：它也许还会认识我？但是这个想法转瞬即逝，连他自己也觉得荒唐，不可能，当时火车站的人群比肩继踵，即使是人，也难得在那么多人当中辨出他来——但是，奇异的事情发生了！那只大鸟盘旋几圈之后，竟然像一架滑翔机一般俯冲下来，这时，车站几乎所有人都发现了那只大鸟，大鸟竟稳稳地落在了他的肩上——劳伦兹说,他当时的感觉就像中了头彩,不,简直是帝王一般的感觉!想想看吧,在所有人惊奇的目光中,劳伦兹的肩上站着一只神奇的大鸟,那是只有童话里才有的事情啊!

关于劳伦兹家的狗,就更是趣味横生。劳伦兹的小狗甜妞儿是个豺狗,却绝顶聪明:来访的客人们只要对劳伦兹有半点不恭,甜妞儿就会突然箭一般地冲上去,照着那厮的屁股就是一口!劳伦兹总是纳闷儿:甜妞儿永远是趴在桌子下边,看不见客人的表情的啊!难道它真的能懂人话?

听着劳伦兹说他和动物们的故事真的是一种享受,你的眼前会出现一幅图画:一口小湖,湖畔长着芦苇,在黄昏的若明若暗的光线中,湖中泊着一条船,劳伦兹坐在船上,雁鹅和海鸟们环绕着他,他把手伸进水里,有一条条鱼在他的手中游过,鱼能够感觉到他的善意的手温……这样的图画,难道不该出现在地球上的各个角落吗?

于是想起西双版纳的百鸟园。其实我觉得该叫孔雀园更合适一些。这里最多的是孔雀。这里的孔雀不怕人。它开屏的时候,走到它身边,可以和它一起很安逸地合影,而不用担心它会突然走开或者关闭它美丽的尾羽。

那一天的感觉奇妙极了,就像是进入了一个我从小就想进入的童话王国,这里的鸟兽鱼虫都是可以与人交流的。我甚至想抱着孔雀照张相,管园子的小伙子说,不可以。你若抱它,它会啄你的。

我明白了。

美丽的孔雀最热爱的还是自由,它自由自在地徜徉在花木之间,不愿意与其他生物有过多的亲密接触。恐怕这也是所有野生动物的习性吧。

我想，劳伦兹一家之所以能与动物们长期共处，恐怕和给它们极大的自由空间大有关系。

在百鸟园，最特殊的一道景观叫作“孔雀放飞”，十点整，孔雀们集中在远远的山坡之上，由那里的饲养者进行放飞。

孔雀放飞时好壮观啊！它们一只一只地从很远的山上飞来，停在园子里，然后开屏。一只、两只、三只……我敢保证你没见过十多只孔雀同时开屏，那实在是太美妙了！那些丝绸一般绚丽夺目的色彩，集中成为一道道彩虹，那是一种无法描摹的美，我睁大眼睛定定地看着，一眨也不敢眨，好像一眨眼那美景就会乘风飞去。像是一个无声的电影，远处有极美的树林，四周是长满绿草野花的旷野，旷野上遍布鸟兽，却都不怕人，美丽的开屏孔雀就在我的身旁。一群山鸟，啼声悲婉高亢，钻入云中，又有无数彩蝶，翩翩起舞。野象踏着它们坚实的步伐，自由自在地在溪边徜徉。同为自然之子的人、鸟兽与花朵树木在平等地交流着，众鸟、众蝶、众蛇、众象，鸟兽率舞，我在其中，才知人生极乐！

我想，或许在远古时代，灵长类动物中有一支深得日月精华造化之功成为万物之灵的人。人就是自然界本身孕育的孩子，和天空大地流水，和鸟兽森林花朵没什么两样。人可以在水中游、天上飞、陆上迅跑，可以和天地万物进行对话和神秘的感情交流。然而人向自然界索取得越来越多，终于背叛了自然，同时也被自然界离弃了。人类的每一次索取都造成自然界的“报酬递减”，人取之于自然的越多，剩下的也就越少，人再也听不懂自然界那些神秘的对话了，确切地说，人类的灵性是被各种各样贪婪的欲望吞噬了，人类的翅膀，折断在自己的手中……

按照生物学家的说法，自然界有一种“共生”的现象。譬如小丑鱼和海葵长期生活一处，共享食物，它可以在海葵触手中避难，同时用自己的鲜艳色彩诱使鱼上钩作为对海葵的报答；海葵的触手可以毒杀别的鱼却对小丑鱼无害。又比如某些珊瑚和海藻，珊瑚排出的二氧化碳和无机盐被海藻用来制造糖分和氧，而这两种物质是珊瑚生存所不可缺少的，这样的共生使双方都获益，也该算是一种友谊吧。

那么，人与自然为什么就不能有这样的友谊呢？这样的梦想，在21世纪的今天，不该是一种奢望啊！

弗鲁贝尔:被折断的天魔的翅膀

最近和一位画家朋友谈起俄国画家弗鲁贝尔,竟有十分切近的感受:我们都曾被他的画带入充满恐怖的梦境,在那些梦中,有无数奇特的眼睛。那些眼睛神秘、凄惨、惊恐不安,仿佛栽种在人的全部感官中,拔也拔不掉。看得久了,竟能与之产生一种令人恐惧的感应,那好像是一种飘忽的死亡阴影。按照俄国著名思想家列夫·舍斯托夫的说法,只有具有"双重视力"的人才能创造出这样的眼睛,意即"天然视力"和"非天然视力"。舍斯托夫又说,对于具有双重视力的人来讲,生与死的角色是可以互相转换的。他引用了欧里庇得斯的一句令人费解的话:"生就是死,而死就是生。"

弗鲁贝尔是19世纪末俄罗斯巡回展览画派的叛逆者。弗氏一生表面上并不坎坷,但他始终生活在内心世界。

他的内心始终无法与周围环境协调:动荡不安,孤寂、痛苦而迷狂,最终陷入深刻的内心混乱之中而无法解脱。他的画笼罩着末日感极强的悲剧氛围,特别是那个折磨了他一生的"天魔"形象,更是有一种超自然的神秘色彩。天魔即莱蒙托夫长诗《天魔》(一译《恶魔》)中的主人公。一个天使因为反抗上帝,被上帝贬黜为魔鬼。他渴望自由、爱情而不可得,他号召人们怀疑、反抗上帝,因而成为天国的死敌。弗氏选择了这样一个文学典型作为他一生追求的画面形象,本身便有一种"在劫难逃"的悲剧意味。画家亚历山大·别努阿对此有这样一段精彩的注脚:"在这些令人惊心动魄、使人激动到流泪的优美作品中,有一种非常真实的东西。他的恶魔不改自己的本性。恶魔爱上了弗鲁贝尔,但毕竟又欺骗了他。弗鲁贝尔有时看到自己神灵的这个特点,有时看见了那个特点,而就在对这种难以捉摸的东西的追求中,他很快走向了深渊。把他推向这个深渊的就是对该诅咒的东西的热衷。他的精神错乱是他的天魔主义的必然结果。”

弗鲁贝尔的天魔早已挣脱莱蒙托夫的缪斯而飞翔在“紫蓝色”(同代画家称“紫蓝色”为弗氏的象征色彩)的天空上。尽管他很早便创造了《诗神》《波斯地毯前的小姑娘》《哈姆雷特与俄菲利亚》等一系列杰作,但冥冥中始终有个声音在搅扰着他,他想创造一个具有“纪念碑意义”的形象。他如痴如狂,最后大约是走火入魔,和那个反抗上帝的家伙合为一体而受到上帝的惩罚。他画了无数个天魔,却始终没有画出那个梦寐以求的神灵。他的“天魔情结”至死未泯。

自1885年始他便在内心构造天魔,直至四年之后才展出了第一幅天魔作品。在《坐着的天魔》中,他创造了一个超凡的形象:天魔孤独地坐在黄昏的岩石上,而天魔本身也像一块岩石。疲惫的肉体和孤寂的精神幻化成一种无言的仇恨,而背景上的色块使人想起洛可可式教堂的彩色镶嵌玻璃。整幅画面充满先知般的预感。

《塔马尔与天魔》则是我在多梦年龄时常常梦见的。我曾想象那是个充满恐怖色彩的悲剧故事。那个少女美到极点。那一双童话般的眼睛与天魔静静对视着。蓝灰色的冷调子紧紧环抱着这一对恋人,天魔那卷曲的富有雕塑感的长发闪着青铜的光泽。塔马尔和他紧紧相拥却摒弃了一切肉欲的意念而笼罩在宗教式的圣洁光辉中。两个人的灵魂通过他们的眼睛冷峻地闪烁。天魔粗犷狞厉的男性美与塔马尔的女性温柔像蛇一样缠绕着,窗外点点繁星好像变成象征物，变成一种神秘的符号。塔马尔使我想起俄罗斯童话中美丽的华西丽莎，她跪在天魔面前，脸上是无限的爱与崇敬。而天魔温柔地托起她的手臂，仿佛在说："我是背离与梦想的化身。我爱我之所爱，但我的爱永远只是一个隐喻。我相信的是死亡之梦，它与生命之火同等重要。"这是一幅超越时空生死的永恒画面。

著名的《天鹅公主》似乎也应归于天魔系列。她的面容与天魔实在是太相像了，同样的清癯面容和同样神秘忧郁的大眼睛。画面上笼罩着一种暗淡的银灰色的雾气，水晶般透明的天鹅公主飘浮在闪烁的烛光和紫色的涟漪中，连她戴着的珠宝和巨大的羽翼也如同一团玫瑰色的空气在慢慢消融。无疑这是天魔幻化成女人在黄昏中出现。她向藏匿着死神的幽暗湖水走去的时候，曾带着无限的依恋回眸。那一双冰冷恓惶的眸子使人感到她正在由世纪末的黄昏走向死亡之梦，末日的太阳正在她的羽翼上发出玫瑰色的反光。

《飞翔的天魔》又向死亡之梦迈进了一步。画家的妻子在给友人的信中忧心忡忡地写道："……他的天魔是不一般的，不是莱蒙托夫的，而像是当代尼采学说的信徒。"由于画家内心的深刻混乱，《飞翔的天魔》实际上没有完成。弗鲁贝尔的魔鬼把他引向创造的巅峰。然而，对于弃绝自己的人来说，不可能有任何快乐——"在已有快乐和喜悦的地方，当你投入某种不存在的东西的怀抱时，就像做了催眠术的小鸟被抛进眼镜蛇嘴里一样。"（列夫・舍斯托夫）终于，在天魔组画中最后一幅《被翻倒的天魔》问世后不久，画家精神分裂，四年之后双目失明，又过了四年，这位天才的艺术家悲惨地死去了。

《被翻倒的天魔》表现了天魔之死。天魔从高处跌落，跌得支离破碎。被折断的翅膀深深插入泥土,他的眼睛仍然闪着愤怒不屈的光。画面用色十分阴暗,画家仿佛预感到,天魔的死亡阴影即将与自己重叠。

画家的生命结束了,而天魔的故事却并没有完结。

天魔的巨大阴影是属于弗鲁贝尔的,同样也属于陀思妥耶夫斯基,属于凡·高、卡夫卡……属于一切具有双重视力的、被世俗所弃绝而执迷于探索死亡之梦的艺术家和伟人们。阴影变成灵感使他们的生命放出辉煌之光,阴影变成达摩克利斯之剑高悬头顶使他们毕生无法安宁,阴影变成死亡之梦诱惑着他们使他们误入梦境。

终于,他们和他们的阴影重叠了。我想,缪斯应当在他们的纪念碑上刻下这样一行碑文:“对他们来讲,生就是死,而死就是生。”

画与梦与人

一

人人都知道关于《失乐园》的神话，却没有人知道亚当和夏娃被逐之后的第一个夜晚曾来到一个古老的岩洞。在那个岩洞里他们做了一个关于伊甸园、上帝、蛇和禁果的梦。

据说，那便是梦幻的开始。

据说，那岩洞后来化作一座梦幻城。

如今缪斯常常君临此地，看顾一下亚当和夏娃的不安分的后裔们。

因为有了那远古的受了蛇的诱惑的女人，也就有了今天的雷尼·罗纳(Reny Loner，维也纳著名女画家)。雷尼的幻想违反她祖先那缠绵的情愫而有着一种自恋式的贵族气。她的梦幻世界总是那般浓丽得近于恐怖。她的用色大概连马蒂斯也自叹弗如。那大红大绿大蓝大紫到了她的笔下便成为非人间的色彩。看到她的色彩我便常常想起我儿时的梦境，也是那么一个神秘的、荒芜的花园。那些奇彩四溢的花因无人看顾而疯长成林，几乎每朵花上都栖留着一只玲珑剔透的鸟。那样的奇花异鸟只属于梦境，如今却在雷尼的世界里找到了。那些挟带着躁动的古怪曲线化作血红的绿茅草一般的鸟羽，使人想到自幼熟谙音乐的雷尼固有的节奏和韵律。这些节奏和韵律无时不在，它们与那些奇异的冥间色彩汇合之时便陷入了一种对人类官能的占有。令人惊异的是雷尼的笔下只有色彩没有阳光，那些得有神助般的色彩、韵律轻吻了印象主义与象征主义一下便笔直地向自己的世界涌去。《提拉·安古尼塔》展示了画家本人的内心隐秘：画面正中的裸女倚着一株朽木（仿佛被雷击后的树的残骸）木然站立，另一裸女则背对画面坐在树根旁，两个人都毫无表情。毫无表情地构成了一种冷冷的神秘，这仿佛是一个人的两种形态。遥远地，立着一座小小的房子，仿佛是原始人的骨簇搭成。而画面前景则是那一片梦幻般的色彩。血红浓艳像是凝固的血液，湛蓝碧绿又像是浸透了海水，左看是花朵，再看却又变成鸟兽，怪就怪在它们是花朵又是鸟兽。在雷尼的笔下，自然的造物总是可以互相转换的：当你从那瑰丽的花朵中辨出一只鸟头的时候，你同时发现它其实又是一只鱼头，于是彩色的鸟羽在你眼中又转化为鱼鳍。有无数的眼睛藏匿在这片彩色之中，撕开美艳便会发现原来那是一只只魔鬼般的怪兽——你会惊叹邪恶竟这么容易地潜藏在美丽之后，甚至不是潜藏，竟是中了魔咒似的可以随意变化腾挪。著名的《终结》和《伊甸园》更证实了这种色彩语言：《终结》中那些花朵变成树枝或鸟羽伸向天空之后又成为火红的珊瑚树，一只金苹果失落在一片蓝色的羽毛中，你会由这只金苹果想到世上最美的女人海伦然后想到特洛伊战争想到伊利亚特奥德赛，然而这绝非那只远古的金苹果，因为它身边站立着一个状貌古怪的黑女人与那静卧着的银白色女人遥遥相对，在画面的右下角有一张青铜色的魔鬼面具。而《伊甸园》则在无数绚丽花朵中藏着一只彩色蜘蛛似的大毒虫，天上飞着的彩色霰雾般的鸟轻灵得仿佛可以随时碎裂在空气之中，乍看美得无法言传，再看却忽然感到那一片彩色的空气中充满了毒液——远古的伊甸园被毒化了，这大概就是雷尼·罗纳一切梦境的母题。

Xiaobin
2013.12.4.

二

被原子裂变的研究所震惊的康定斯基说过这样一段话:“20世纪自然科学的发展给艺术家提出这样一个问题:人类之生存在于探索神秘而这样人类便处于一个两难境地。人类希望获得明晰,但每当达到明晰就会出现新的——往往是更大的——神秘,于是,可不可以通过终止对神秘的探索来保持明晰?艺术家的回答似乎是肯定的,他们以视觉语言勾画出自己面对现实面对宇宙面对神秘所产生的内心恐惧,他们企求在相对静止的空间里寻找逃避恐惧的避难所。因此,试图在现代艺术中找到现实的常态形象,找到对物质世界的誊写是不可能的。”

从这个意义来讲,梦境是最佳“避难所”。然而,“仅仅留意自己心灵而不关心别人心灵的人将很快发现他自己会降低到所有模仿中最悲惨的模仿上去,也就是说,降低到他自己的作品上”。“应当寻找一条超越属于逃避心理的个人宣泄的形象通道。”

梦境又是十分理想的“通道”。

梦只可感受而不可破译,因此释梦是荒唐的。

凡是可以用语言陈述的都非梦境。在一切心灵的现实面前语言丧失了全部功能。

能够传达梦的灵魂的只有得到神助的画笔。神曾把灵光赋予他们,然而他们却个个都是叛逆者,他们抛弃了神的结果是自身也成弃儿,于是神判决他们伴随恐惧终生流浪。

三

女人最先接受梦境,而把梦境推向极致的却是男人。

男人的内心世界比女人更易感、更恐惧，因为他们的外表比女人强壮。

声名赫赫的强壮的达利(Dali，法国著名画家)如果不是因为加拉的到来便肯定会沦落到凡·高那种精神分裂的悲惨境地(当然，凡·高的失常或许恰恰是一种真正的幸福)。他被内心恐惧和性的焦虑困扰着，画出那一幅幅怪诞的梦境：连续不断地变形的咆哮的狮头(《愿望的调节》)，像面饼一样搭在树枝上的柔软的钟表(《记忆的持续性》)，招来苍蝇的腐烂了的驴子和残缺不全的尸首(《血比蜜更甜》)，紧咬住嘴唇的蝗虫和拿着放大的性器官的手(《早春》《忧郁的游戏》)，这一切似乎都是足以引起妄想的持续不断的疯狂，一切主题所显示的阉割、性交、手淫或阳痿都脱离了弗洛伊德的诠释而变成完全清醒的梦。可怕就可怕在那梦竟是完全清醒的。达利在用法兰德斯式的袖珍画技法制造欲望的梦境。对性的焦虑与恐惧便达到处于崩溃的边缘。面对茫然的观众达利恶意地微笑："什么能比看见面包沾上鹈鹕墨水污点更卑劣和美呢?"——这便是达利梦境的奥秘。有谁看见原子时代的丽达坐在现代组合箱上与老宙斯变的鹅调情而无动于衷呢?

达利偏爱蓝色。他的画面背景常常是天空与海洋。一种圣洁宁静的浅蓝色。与他表现的梦境主题、骚动不宁的暖色相悖。而且他的海水常常像薄纱般地可以揭起来，被剥开的海的皮肤有如忏悔者被提纯的经验一般鲜血淋漓。

能制造出如此怪诞梦境的人必然是个被吓坏了的孩子。达利小时候曾把一只蝙蝠扔进水箱，第二天却毛骨悚然地发现这蝙蝠竟还没死，而且全身叮满了密密麻麻的小虫。这时有一个他平时倾慕的贵妇人从窗前走过，他突然感到一阵冲动，接着就捡起那只蝙蝠狠狠咬了一口，然后惊恐万状地扔掉了。又有一次，他很近地观察一条鱼，忽然发现鱼头很像一个放大了的蝗虫头，他感到恐怖万分，从此惧怕蝗虫，而班上同学却恶作剧地往他书包里塞进蝗虫，常吓得他惊魂不定……

在达利的画中，常常在精美的笔触旁加上一堆密密麻麻的小虫或是既像鱼又像蝗虫的恐怖形象。这便是萦绕在他孩提时代的关于“卑劣和美”的梦境吗？

四

人类的恐惧在人类的童年便开始了。正因为恐惧，才造出了上帝与诸神。后来，那个叫作尼采的家伙忽然宣布上帝已死，失去保护的人类自然惊慌失措地感到末日来临。现在看来，尼采大可不必如此。上帝死了，人们依然会找出新的自欺方式。何不将那已干瘪得挤不出汁液的上帝仅仅作为一个象征物来安慰人的心灵呢？那样的话，现代人的梦境大约不会如此恐慌不安。玛丽·安格涅一语道破历史的奥秘：“全部历史就是因照过太多面孔而发疯的一面镜子。”镜子发疯而成为哈哈镜，于是变形便成为真实。至于太多的面孔，无非是不断变幻着的可敬偶像与可憎仇敌。因为人类既需要爱又需要恨。

总之，人类除欺人的本能之外还有自欺的本能，不像鸟或鱼或蝗虫那样，只要互相骗过便可安安逸逸地繁衍后代了。

五

被上帝抛弃或抛弃上帝之后，人类只能在梦境中寻觅属于自己童年的伊甸园。

无数画家用画笔描绘这失去的乐园。其中有一幅非常早又非常古怪非常醒目的，便是包西（Terone Bosch，尼德兰著名画家）的"娱乐之园"。

作为尼德兰时代的画家，包西一直被笼罩在同代的鲁本斯、凡代克等绘画巨匠的阴影之下。然而他却实在是一个非常伟大的画家，愈到现代愈见其伟大。包西的梦境既不同于雷妮·罗纳的绚丽神秘，又不像达利那般怪诞恐怖，包西的梦像民间的古老寓言一般拙朴，充满着象征寓意。他竟敢把教皇和庶民放在一起共同赶起"稻草车"（《稻草车》），他随心所欲地借助想象之光来指挥一场人神之战（《圣安东尼的诱惑》），在"娱乐之园"中，他的奇思异想化作飞鸟的翅膀、化作恶兽、化作丑恶可怖的裸者出现在画布上，像黎明的红晕一般驱赶着中世纪的黑暗，如果有人证明他是外星球派来的使者我一点儿也不会惊奇。非常引人注目的是画面的右侧有一片树林，树林里结着像红宝石一般鲜艳的果实（或许这便是包西梦境中的伊甸园?），而每只鸟每条鱼每个人嘴里几乎都含着一颗。难道这是包西对上帝的一种嘲弄（想当初人类的老祖宗仅仅因为偷尝了一颗禁果而被逐出乐园）？在包西的笔下，上帝与庶民同在，伊甸园并不比他生活着的快乐美丽的农庄更美妙。而包西本人大约就像《浪子》中那个狡黠质朴的农人，揣着一袋黑面包干便可上路，旅途中尝尽人间美味。

包西的奇思异想是令人惊叹的。如果说达利的梦境是偏执幻想的再现，那么包西的梦境则体现着人类的共性。对于包西，达利应当把对于保罗·艾吕雅的那句评价转赠给他："他有整个的奥林匹斯山，我从他那儿偷来了一个缪斯。"

六

梦境是具有时代感的。15 世纪的包西不会画出原子时代的《丽达与鹅》,而 20 世纪的达利也画不出那些远古的神秘的树林。

梦境更是具有永恒感的。它从远古走到今天,一直支持着绚丽的黑夜击碎单调的白昼。包西与达利,这一对相隔五个世纪的孪生兄弟竟有如此多的共同之处。譬如:关于鱼,关于兽,关于各种丑的或美的或惶恐不安的裸者,关于天空和海洋。

形而上的大师们渴望自由却又惧怕自由——恰如弗洛姆的著名命题:逃避自由。

因为自由并非人人都能承受。恰如已被金色鸟笼或水晶鱼缸娇养久了的名贵的鸟或鱼惧怕重新飞往天空或潜入海洋那样。

有一天,当缪斯化作一只毛色鲜艳的大鸟降落在达利的画室时,这位留着小胡子的加泰隆人正在“答记者问”。

“超现实主义?”

“不,不是。”

“立体主义?”

“不,不是的。画画,是画画——如果你不介意的话。”

于是大鸟飞到达利的肩上。他抚摸了它一下。

如来：五色之光

——我写《敦煌遗梦》

太阳下的鸣沙山完全是黄金的杰作，令所有的雕塑家倾倒。但夜晚的鸣沙山却令人无法识破，即使最杰出的雕塑家到来也一筹莫展。它完全属于自然的隐秘属于月亮属于星星属于阴柔之美。在这寒气袭人的夜晚他爬上山顶望着赭石色天空上那轮蓝色的残月惊异不已。那残月残得并不规范残得十分古怪，它完全变成了一块多棱多角的蓝色金刚石，它挂在天际充满了一种残缺之美。那无数淡紫色的星星和它比起来显得黯然失色，因为它们太秀美太优雅太规范太充满学者味道。因而整个天空都像一张阴谋家的棋盘而月亮却像是一个顽皮孩子扔在棋盘上的一块亮晶晶的玻璃碎片，充满了生气和活力。

这是我在新作《敦煌遗梦》中描述的鸣沙山，属于梦境的鸣沙山。说是新作，其实距竣稿已有两年多了。1991 年我随中国作家代表团赴敦煌，莫高窟带来的体验完全是一种荡魂摄魄的震撼：那造型优美的莲花和飞天藻井，轮状花蕊的复莲，流动的飞云，旋转的散花，飘舞的长巾，艳丽的葡萄、卷草与联壁纹，那云气动荡、衣袂飘飞的伎乐天……那许多的佛本生、佛传与经变的故事，那无数的飞天、药叉、雨师、伎乐、羽人、婆薮仙、帝释、梵天、菩萨、天龙八部，还有那奇异的鸣沙山、月牙泉、三危佛光……面对这美丽辉煌的强大冲击，忽然感到自己多年来梦想的便是这样的瞬间，这一瞬间使我无法释怀。

落笔成文却是半年之后的事。故事载体是早已有了的。女主人公肖星星以及张恕、向无晔等已活在我心中多年,在敦煌,我又找到了玉儿、阿月西、潘素敏……剩下的只是如何排列组合的问题了。说来好笑,过去武侠小说与港台影视对我来说是两大禁区,历来自命清高地对其嗤之以鼻,因为无聊才偶然翻了一本金庸的《鹿鼎记》,谁知一看便放不下来了,此书熔政治、社会、历史、人生于一炉,若不渗透中国国情之玄机之奥妙,若不达到领略人生之真谛之化境,绝难成此书。这才觉得,原来许多所谓准则不过是一种误区,在真实面前竟如此不堪一击,许多规定不过是人生游戏规则之外的附加条件,由于约定俗成而几乎变成了真理。其实,一切都是可以互相转换的:真与伪,俗与雅,出世与入世……且这一切同时又可以互相渗透,所谓"假作真时真亦假"是也。生命本身不过是一条可以包容一切的浑浑噩噩的河流,是可以互相过渡而变得多姿多彩的流行色,而绝非纯粹的非此即彼的三原色。色有伪色,空无真空。"知太虚即气,则无无"。于是我找到了哲理内蕴与世俗故事的联结点,这便是神秘的宗教背景。

偶然落入宗教神秘的海洋,立即发现这海洋的颜色也同样地不纯粹。同是佛教,却充满着相互对立的两极:佛教基本教义主张修"戒、定、慧",忌"贪、嗔、痴",而藏传密宗却认为双身修密,也就是佛与相应的性力结合时,才能达到某种境界。护法神吉祥天女,"颜貌寂静,庄严其身",司命运、财富与美丽,在藏传佛教中却是一披"亲子之皮"的妖神。而欢喜佛更有诸多说法:欢喜佛一般均为双尊像,一说男为明王,女为明妃,裸体象征脱离尘垢,双体拥抱代表方法与智慧双成之意;又一说男为大荒神,喜行恶事,女为观音化身,与其相交,使之不行恶事(此举颇有舍身饲虎的味道);而第三种说法则大相径庭——欢喜佛是佛教中的"欲天",此说来源于古印度原始宗教中的性力派,此派认为宇宙万物皆由创造女神的性力繁衍而来,因而把性行为看成是侍奉女神的方法与对女神的崇敬。而大慈大悲的观世音菩萨,原初形象竟是一对孪生马驹,后塑为一男身,传入中原后却被汉化为一美丽的汉家公主。如今,面对那慈眉善目的媚观音,又有谁能大不敬地想到此人生平、性别均不可考呢?说到净土宗,更是颇有几分荒唐。现在影视中凡穿袈裟的和尚谁不先念一声“阿弥陀佛”?殊不知佛国净土有三:西方阿弥陀净土、弥勒佛兜率天净土、东方药师琉璃光王佛净土。若是念错了名号,想去西方极乐世界却念诵东方佛祖,那可怎生是好?不过无论怎样净土宗是最受百姓欢迎的,因为修行方法极为简单:无论过去有多少罪恶,只要念一声佛,便可横超三世,往生极乐。至于禅宗却恰恰相反,所谓佛法在世间,平常心是道,以心传心,我心即佛。唐代高僧呵佛骂祖是家常便饭。德山宣鉴禅师便有“达摩是个老臊胡”的名言。

佛是谁?如来究竟是什么?越进入佛教的深海便越困惑。

而且,当最初的激动过去之后,我发现了佛国深海中的残酷。在那些著名的佛本生故事中,什么舍身饲虎、割肉贸鸽,什么剜肉燃千灯……简直是用血肉去换取动物的生命和满足人渣的阴暗心理,自然,这一切后来证明不过是帝释天的考验,结局是佛创伤顿愈皆大欢喜,可是我不免大不敬地想到,如果是相反的结局呢?难道佛祖的亲人看到他的骨殖能不伤心欲绝吗?难道他亲人的生命就不值几只老虎和一只鸽子?更令人难受的是释迦劝难陀修行的故事:难陀是释迦的亲兄弟,家有美妻且恩爱有加,因此不愿出家。释迦领他遍游天宫,观诸天女,复游地狱,见汤镬之刑,示以因果报应。如此反复,难陀才潜心佛法,成为罗汉。按照现代的说法,这简直有点儿侵犯人权之嫌了!昔日悉达多苦修六年几乎死去,若不是牧女用鹿奶相救,他又如何能在菩提树下顿悟成佛?既然吃

The Chaste Eva
Xiaobin
2014.2

喝无忌，又何必禁忌情爱？悉达多不爱妻子硬要他守着妻儿度过一生固然是扭曲人性，那么难陀爱他的美妻亦乃人之常情，硬要他离妻弃子去修行，恐怕应是更大的人性扭曲吧？试想难陀妻子的痛苦，又何以体现佛教的精神呢？

近年来对宗教感兴趣的人越来越多了。无论是佛寺、道观还是天主、基督教堂都常常人满为患，一律或跪在蒲团上三拜六叩，或边画十字边跟着唱诗班哼哼，或逢山门必进，进则必烧香求签，不求到上上签绝不罢休。而那所谓上上签所示的，无非是最最凡俗的心愿而已，令人联想到渔夫和金鱼的故事中那个贪婪的老太婆。

自很早便从画册中看到著名的《西方净土变》，看到真迹时自然为之震撼。且不说那菩萨飞天、红莲绿荷、白鹤鸳鸯，单凭那嬉戏水中的化身童子、遥相对应的水榭重阁、乘云而降的各方诸佛、黄金铺地的极乐世界，便满足了世人全部的欲望。然而，这一切依然俗不可耐，它们不过是让人们抛弃现世的物欲而去追求来世的物欲，却终归无法摆脱标准媚俗的一切。悉达多太子逃脱黄金宝座去苦修成佛，他若看到这幅金碧辉煌的壁画又会说什么呢？由此看来，神秘与凡俗也是可以互相转换的。神秘的背后也许只是最最平凡的世俗常态。

据说很早很早的时候，佛像是从不出现的。因为早期佛教认为佛既然是超人化的，因此不宜规定具体相貌。在印度阿育王时期，表现佛的“逾城出家”不过是凡人向佛的巨大足迹礼拜。凡佛出现在艺术品中时，不过是用法轮、宝座、菩提树等等来象征和隐喻。直到犍陀罗时期才出现了佛像。我想，或许自那时起佛便失去了真实。现在想起佛的时候，我宁可把它想象成菩提树，想象成莲花，甚至想象成海洋，想象成纯洁无瑕的婴儿。

或者，如藏密传人月称所说，把它想象成五色之光。这光因包容一切而接近真理。我想，如来光分五色，正是为了照顾人之观想。

但愿我的主人公们将因了这神秘之光而使生命更加辉煌。

从“见山是山”到“见山是山”，唐代临济宗禅僧青原惟信说：“老僧三十年前未参禅时，有个入处，见山是山，见水是水。及至后来，亲见知识，见山不是山，见水不是水。而今得个休歇处，依前见山只是山，见水只是水。”显然，最初的见山是山、见水是水是未习禅前的见解，是对客观世界的肯定；第二阶段则是习禅后的见解，是对第一阶段的否定，也就是达到了物我两忘、浑然一体的境界；但仅仅如此仍是不够，还要有第三阶段，即开悟后的认识，是从瞬时的有限去把握无限，它是否定之否定，实际也是一种肯定，只有在这时，才算找到了真正的自我。这是一个怪圈。《敦煌遗梦》便是按照这个怪圈的方式运行的。从“如来”这一客观真理，最后走到“我心即佛”的禅宗境界，似有经历了“九九八十一难”的感觉。而这中间，经历了身份复杂的吉祥天女（在中原佛教中司命运、财富和美丽，在藏传佛教中却是披着“亲子之皮”的妖神）、神秘莫测的俄那钵底（即欢喜佛，男女双身，究竟是谁，有若干说法）、虽善无征的观音大士（观音生平、性别均不可考）、他力往生的净土修持（在净土宗中，无论生前干了多少坏事，只要念一声“阿弥陀佛”，便可往生极乐），最后才悟到，原来平常心是道，佛法在世间。这是一个参悟的过程。

有朋友说，《敦煌遗梦》是宗教小说。不错，作品中的确涉及宗教情绪、宗教知识甚至宗教精神，然而，就作品的灵魂来讲，却远非如此。近年来逢山门便拜的人越来越多了，愿望却很简单：不求到上上签绝不罢休。而那上上签所显示的，不过是最最俗不可耐的心愿而已。这令人不禁想起唐代的和尚怀玉。每天念佛五万遍,后西方众圣持银台(中品)来接,怀玉竟提出:“我本望金台(上品),为何拿银台来?”于是西方众圣只好乖乖拿金台来接。怀玉的抗议译成现代白话文,便是:我本来该是正职,为何给我定为副职?真正岂有此理!我那每天五万遍佛算是白念了!这非但荒唐,简直有点滑稽了。

倒是允许呵佛骂祖的禅宗更真实一些。但禅宗又何曾没有它的残酷?慧可断臂得心传的故事便充分证实了这一点。足见任何一种宗教,当你真正深入其中的时候,也许会忽然发现丑恶和黑暗。一位大师曾经说过:宗教是人类灵魂最后的停泊地。而这最后的停泊地也是如此虚幻和不可靠,正如我小说中的主人公们,渴望自由又逃避自由,即使在佛国宝地,依然难逃一场杀戮,而侥幸存活下来的人,也只好返回到过去的愁烦之中,靠一种新的自欺度日。宗教,应当说是人类最后的自欺方式,戳穿了这点未免残酷,但却真实。

好在上天是公正的,于是人生中不仅有残酷,还有快乐、洒脱和幸福。当我们看到美丽的山水背后潜藏的阴影,不必惊奇,不必气馁,有朝一日我们会忽然感到那阴影也是那山水的一部分,没有它,世界就会缺了点什么。那时,我们见山仍是山,见水仍是水,只是因了那阴影的衬托,这山水便更美丽了。

关于心灵的秘密通道及其他

1

前些时，有友人谈起一则笑话：

某青年作家业已拟好诺贝尔获奖演说词，头一句便语惊四座："今天我站在领奖台上，得到这个举世瞩目的大奖，早在我预料之中。"

友人讲得绘声绘色，众人大笑喷饭。

曾几何时，诺贝尔曾经一度成为热门话题，成为某些人心中的情结，后来又因为过热过重而一度成了"笑话"。现在这个话题似乎业已冷却，旁观者似乎可以冒着亵渎神圣的危险来说长道短了。

诺贝尔无疑是最具权威的文学大奖之一，那一串光辉灿烂的名字足以使我们高山仰止：泰戈尔、显克维支、托马斯·曼、蒲宁、福克纳、海明威、加缪、斯坦贝克、萨特、川端康成、索尔·贝娄、辛格……我想，这些文学巨人在步入文学殿堂之前，大概都有着各自深刻的生命体验与爱恨交织酸辛苦辣的经历，没有一种经验是相同的。相同的是他们都成功地步入了那神圣的殿堂，殊途同归。

文学的殿堂依我看来应当是纯粹的，唯其纯粹，才构成了它的神圣与美。所有的花都拥有自己的花期，在它展示它的全部美丽之后，各种姿态才会辐射异彩。我们的文学经验历来与政治、与"左中右"有关，我却始终认为，文学既不能绑在"左"的战车上，也不能绑在“右”的战车上，那是一种没有力量的体现。文学，应当是独立的，只有独立，才是自由的，也才是有力量的。

2

但遗憾的是，极具权威的诺贝尔奖似乎也没有逃离政治的侵扰。有一种文学样式似乎特别得到瑞典文学院评委们的偏爱，那就是社会主义国家中持不同政见者的小说，譬如帕斯捷尔那克，譬如索尔仁尼琴（或许米兰·昆德拉也将步他们的后尘）。这类小说有许多相似之处，譬如它们都在控诉社会主义社会对人性的压抑与扼杀，但在批判社会主义的同时自己也十分意识形态化，它们由于缺乏形而上之美而显得不那么优雅和纯粹，甚至有些很粗糙（譬如《癌病房》），但它们却被选中了。确切地说是被另一个营垒选中了。另一个营垒在彼岸，看到此岸的人在白刃格斗，内容有革命、有批判和斗争、有自我检讨、有文字狱和通缉令……彼岸的人觉得新鲜刺激，就对这类作品产生了偏爱。生活在彼岸的人都是上帝的宠儿，由于太舒适太自由而个个成了天真的大孩子，他们看着上帝弃儿的刀光剑影无不为之动容，他们真心真意地想解救他们，想把他们引渡到彼岸，殊不知他们到了彼岸并不会幸福，不但葬送了自己也葬送了解救他们的人。“穷山恶水”中出的“刁民”往往会成为幸福天堂里的祸水。因为人的思维发展是不可逆过程，上帝天真的大孩子不了解这一点，于是就犯了东郭先生的错误。

与帕氏和索氏略有不同的是米兰·昆德拉，昆德拉的作品虽然也充满了政治味，十分意识形态化，但他的头脑与智慧似乎要发达得多。他的视点更多地洞穿人性本身的悖论，从人性深层的弱点找到了埋葬人性的陷阱，这不能不说是这类文学的一大进步。

昆德拉的作品中充满了睿智的哲理与优美的隐喻,《生命中不可承受之轻》中一开场便有一段精彩的描写:常常与各种女人做爱的外科医生托马斯一觉醒来,发现新结识的女友特丽沙紧紧攥着他的手,在他身边睡得像个天使似的,而此前他和任何女人做爱之后都是分床而眠,否则他是睡不着的,而特丽沙是那样自然地拉着他的手,他们同床共枕而他并没有任何不安,由此他深深感到了爱与性的差别。像这样的隐喻,在昆德拉的作品中比比皆是。你常常不能不为他超拔的智慧而击节赞叹。

在昆氏目光无休止的扫描下,历史被一次次地复印,人性深层的悲哀被一次次定格。

有人说,昆氏更像是一位哲人而不是小说家。我对此说法不以为然。

我历来认为,文学大师大致分为两种:一种是社会型作家,如托尔斯泰、巴尔扎克、雨果、罗曼·罗兰,也包括上述的三位,等等;另一种是内省式的(或许不确切,需要有个新的名称)作家,如卡夫卡、普鲁斯特、三岛由纪夫、茨威格等等。就我个人品位而言,似更喜欢后者,因为后者与文学本体、与生命本质更为接近。

3

早就觉察到一个奇特而令人恐惧的现象。

那就是:刚才提到的后一类作家,几乎无人能逃出一种冥冥中的噩运,再推而广之,包括同类艺术家,也个个在劫难逃。疯狂、自杀几乎是他们注定的命运。

一个最典型的例子是俄国19世纪画家弗鲁贝尔。他对莱蒙托夫的长诗《天魔》着了迷,他一生的画作只有一个主题,那就是他理想中的《天魔》:一个天使因为反抗上帝,被上帝贬黜为魔鬼,这本身就具有极强的悲剧色彩。可怕的是弗氏从青年时代始就专注于对天魔的描绘,他一遍又一遍地塑造和改写天魔的形象。我猜想他之所以这样做是因为他越来越深地把天魔植入了他本人的灵魂。他就是天魔。天魔的形象与处境随着他本人的经历不断地改写,他就那样走入了自己的秘密世界,义无反顾。

不幸走入自己的秘密世界的人似乎有着某种共同规律,规律之一便是不幸的童年。从某种意义来说,作家是由他的童年塑造的。不幸的童年使孩子产生自闭,自闭会使孩子打开一扇通向心灵秘密通道的门,而孩子初入人世还没有沾染世俗的浊气,来自远古的灵性尚存,这时的孩子,最容易接近神祇,与神祇对话。这样的孩子长大了,天生与尘世无缘,只好逃避在文学或艺术的象牙塔之中。

自己的世界有如一面魔镜,它似乎是自己的真实写照,然而又全然不是。它的每一个细节实际上都是不真实的。人在面对自己的时候,在自以为至真至善至美的时候,其实是在制造一种骗局,一种连自己也被骗了的骗局,是自己对自己在撒弥天大谎。走入那面魔镜是自欺欺人的开端,可怕的是,通往魔镜的通道有去无回。

如果,萨特说,他人即地狱,那么我要说,个人(self?)即魔鬼。

这似乎便是后一类作家非疯即死的答案。

4

那么,大师们难道除了地狱和魔鬼就没有其他归宿了吗?

回答应当是否定的。

心理学大师荣格便是一例。荣格具有典型的童年综合征。

荣格幼时，父母分居，荣格天性敏感、身体孱弱，总是做一些极其怪异的梦。譬如，他做过一个梦，梦见在本堂神父住宅附近的牧场上，有一个幽深的坑，里面有一级级的石阶。他沿着石阶走下去，里面是织造精美的帷幕，掀开，帷幕后是一个洞宇，一条红地毯直铺到一个黄金宝座之前，而宝座上屹立着树干似的一个巨大怪物：一柱突起，独目向天。多少年之后他才明白，屹立在黄金宝座上的，竟是一个巨大的男性生殖器！还有更可怕的梦：他梦见上帝本人蹲在教堂尖顶上大便，把洛可可式的彩绘玻璃崩得支离破碎！

试想，这对于一个在西方宗教文化背景下生长的孩子该是多么恐怖的事啊！这意味着他的精神支点可能在瞬时被打得粉碎，他可能变得什么都不是，一种强烈的犯罪感使他备受折磨。然而也就是在这个时候，这个生性敏感的孩子突然体会到一种被禁锢的思想会怎样千方百计闯入人的心中。

他求助于《圣经》，他断定，是上帝本人让他有这种幻想的，就像上帝希望亚当和夏娃犯罪一样，尽管他命令过他们不要犯罪。于是荣格做出了结论：听凭这幻想出现而不是人为地扼杀它，他就实现了上帝的意旨。这结论给他带来了暂时的平静。许多年之后他这样写道："……是谁强迫我去想象上帝要这样可耻地摧毁他的圣殿呢？是不是魔鬼安排了这一切？我从不怀疑是上帝或者魔鬼存心这样说，这样做。因为我强烈地感觉到绝不是我自己制造出这些想象来的。我知道，应当从我本身做出更深刻的回答：我独自面对上帝，上帝也只向我单独提出这些令人生畏的问题来。"

一个敏感内向、耽于幻想的孩子那么小就被迫直面上帝，回答如此恐惧的问题，绝对是个奇迹，而这个孩子竟然健康地活到80高龄，并且事业发达家庭美满更是一个巨大的奇迹！

荣格回答，是家庭拯救了他。换句话说，他娶了一位非常平凡的妻子，生了一大堆可爱的孩子。他说，每当幻想的翅膀把他带到高空的时候，他的妻子和孩子们便把他拽向坚实的大地。

但是我想，荣格避免了那些不幸走入心灵秘密世界的大师的共同命运，一定还有其他的诀窍。

5

我相信世界上有些人是永远无法克隆的——即使是在这个代用品的、复制的时代。在那些人的头脑中，那些灰色和白色的神经元格外发达，它们由亿万根纤若游丝的网格层层遮蔽，完全无法识别庐山真面，就像一座极其精致而复杂的迷宫，即使任何高性能的计算机也无法破译无法模仿，这就是那些在人类中被称为天才或智者的人，或许还有少许精神病学研究的对象——精神病患者。

创造力是在思维发生偏差的时候产生的，从这个意义上来看，精神病患者与天才的机会一样多。一位伟人曾经说过，精神病患者与天才只有一步之遥。十二年前我写的《对一个精神病患者的调查》就曾经涉及了这个领域，但是在当时，我只注意到一个层面，即社会对精神叛逆者的戕害，而忽略了另一个层面：被视为疯人的女孩的心灵深处不为人知的一面。那一面，或许与戕害她的社会弊端一样黑暗。

曾经在写这篇小说之前去过安定医院，那时，我的好友——北大心理学系病理专业的钱铭怡在那里实习，她对我讲，有个女孩，你一定感兴趣。我去了，她说的那个女孩已经出院，我面对的是另一个女孩。17 岁，北京戏校的刀马旦。她很美丽，有着弯曲的眼睫毛，讲起话来思路清晰、柔声细语，面对着她我只反复地想一件事：

她怎么会是疯子?

第一次去我和她谈了将近一个小时,她反复告诉我,她得病的原因只有一个,就是本来让她主演《卖水》,结果临时换戏,让她演了《锁麟囊》里的小孩,她不堪刺激,就精神分裂了。

第二次,她精神不好,只谈了半个小时,但是露出一个重大线索,就是:当她梳头的时候,她总觉得睡在上铺的女孩怀疑她偷了自己的梳子。她为什么会有这种感觉?

第三次,恳谈三小时。原来,她小时候真的偷过东西,是一件戏装,描凰绣凤,铁划金钩,美丽得像天堂里的东西。

至此,真相大白。

但真的是真相大白了吗?

"真相"其实是没有的,既没有,也就谈不上什么"大白"。所谓真相,就是你觉得它像真的。而每一个人眼里的真实都不同,很好的例子便是《罗生门》。千百个人有千百种真实,无数相对真理相加构成绝对真理,但是,非同类项无法合并,这个世界于是就充满了荒谬。

天才与精神病患者,永远逃避真相。

6

"上穷碧落下黄泉,两处茫茫皆不见"——我以为是一种高妙的境界。

这似乎是一种关于灵魂飞升的描述,其中"上""下"两字十分重要。自由的灵魂都是能上能下、纵横捭阖、飞扬游弋的。在藏传佛教中,灵魂被称为"银带",当人们入睡的时候,"银带"是游离于人体之外的,它的遭际便形成了梦。世界上有一些无梦的人。这

山鬼

样的人其实十分可怕。他们混迹于茫茫人海之中，无信仰，无道德规范，更无自律精神，他们有的只是各种永不满足的欲望，和能够实现这些欲望的手段，他们混淆了视听，侵蚀了人类的文明与灵性，他们对人类的精神极端蔑视、残酷摧毁，对人类的物质巧取豪夺、贪婪索取，他们注定只有今生而无来世，因为他们没有灵魂。按照物质不灭的定律，他们或许会化作一些肉眼看不见的粉尘弥漫在空间，毒化人类的大气层。绝不要以为这些人都像戏台上的鬼魅一般青面獠牙，那就太脸谱化了，他们很可能从表面看去宽和沉静，貌若观音，标榜着各种庄严的宣言、动听的辞藻，实则各自身怀绝技，常常于无声处，创造出一个个人为的“惊雷”。他们是高仿真的专家，制造出的赝品比真的还像真的，在一个复制的时代，他们很容易得逞。

然而，对于他们来讲，他们的人也和他们制造的赝品一样，只有一次性效应。

7

而自由的灵魂(哪怕是破碎的)，却只能伴着永远的美丽的挽歌，飞升，在梦中寻找花园、大海、天空，还有鸟群。

当丧钟响起，穿着丧服的人们在哭泣的时候，他们并不知道，那个空明的灵魂就高悬在他们的头顶，那个灵魂高唱着：

> 我走了，
> 我会是孑然一身，
> 没有家园
> 没有绿树

没有白色的水井……

没有深蓝的苍穹……

而那留下的小鸟依然啼鸣……

（西班牙诗人，西门尼斯）

海幻

去过厦门大学的人一定忘不了那片海。

典型的海积地貌:海岸线平直,沙滩光滑,月光下就似皎洁的落雪,晶莹一片。

海滩边常有人观日落。长了,就像掐住了点儿,就差喊句一二三,落日就在那一瞬间,像只失去光彩的红色大球,软软地滚滚落到地平线的那一边,然后就是那些云,浇了浓杏汁儿似的,恋恋地在天边翻来翻去。一会儿,也隐没了。只留下这黛色的海,和滩上的人群对峙。人也渐散尽。海便像一只巨魔的眼睛,在夜色中闪亮。

却很少有人看到日出。这大概因了学生们日间辛苦,年轻贪睡,又兼这里日照时间长,如果看了日落又要看日出,大抵就要通宵不睡了,谁肯下这个决心呢?

一天夜里,暑热袭人。我睡不着,忽听附近南普陀钟响,知道已是三更时分,普陀寺有人进第一炷香了。我忽发奇念,想一个人去海边看日出,也未叫醒同伴,径自拿了游泳衣一气跑到海滩上,此时东方已有微明,月黑风淡。海和天变成枯叶般色彩,醉了酒似的飘飘摇摇,然后同唱起一支单音节的歌,像海妖的歌声似的,催得人昏昏欲睡。周围极静。那简直是一种非人间的静。只要你向它走去,便会被它所笼罩,然后被它压迫,压得你连大气儿也不敢喘。你只能战战兢兢地看着它,听着它的窃窃私语。海那时是凝固的,发不出音响。这种非常的寂静使你感到即将有什么事要发生了——

果然，在槟榔树黑黝黝的手臂间，这时能看到一角天空了，紫得浓郁且晶莹透亮，就像戴在黑手臂上的镯子。镯子的色彩渐幻化，终于透出一点浅玫瑰的光晕。槟榔树的叶子精致得就像用剪刀裁过——那大概是南风的杰作。

远远地，泊着一条船。

太阳的第一道光洒在那条船上，特别柔，淡红色。像是听到无声的命令，我急急换上泳装下海。一口气憋下去，刚来得及抬头换气，就发现自己已经浸泡在一片金色之中了！这时，你会忽然感到所有的语言都太贫乏、太苍白无力了！海面忽然变成了纯金的，你会不由自主地伸手去抓，可那金子烧得烫手！你想看太阳，可置身于一片金光灿烂之中，什么也看不清。我就那么迷迷瞪瞪地游，希望永远这样“万物皆空”，可只一会儿，那强烈的金色就渐渐变白了。这时才看见太阳红纸剪似的粘在天边，是半个圆，下面半个圆被海水划碎成几块，清澈得就像浸泡在水银里似的，近在眼前，那真是美。大概是不善幻想的人此时也出现了幻想，仿佛那太阳伸手便可以触摸到似的，于是便不顾一切地往那儿游，想看看被海水淹没的那半个太阳。更近了，你忽然发现太阳原来很薄，半透明，不过是像红玻璃那样一种脆弱的物质。又细看，原来这是天空的一扇玻璃门，圆形的，敞开着，充满着诱惑，而天空，则是一座巨大的宫殿，云彩是宫墙上变幻的浮雕，这大概是上天给你的一次机会，就在你惊疑不定的时候，宫门关闭了。人的一生，大约总是这样坐失良机。太阳这才变成球体，从水中挣扎出来，就像蛋黄脱离蛋清那么困难，似乎还带出了一些腥气扑鼻的海水。此刻天和海已经混沌一片，不似先前美，却比先前更诱惑，更难于识破。我觉得自己完全溶于其中，成为海上一片小小的浮沫。

等到能看清东西，我才发现自己已游到渔船附近。一个黑乎乎的孩子（眉眼我完全看不清楚）像是捧着条生鱼在啃，一边大声朝我嚷着，我完全听不懂，后来才认出孩子身后那灰乎乎的一堆原来是个女人，黑脸，很大的一块头巾。我这才感到累，扒着船休息。“你们看见刚才的太阳了吗？”我兴奋得很。他们大概也听不懂我的话，莫名其妙地瞪着我，也不招呼我进舱休息。这时南普陀的钟声第三次敲响，黑脸女人听见，像是长舒了一口气似的，那孩子也扔了剩下的半条鱼。两人哇啦哇啦地冲我嚷了一通，我猜那意思大概是说他们准备出海了。

游回岸边，海像只受伤的野兽似的伏在我脚下，淌着红洇洇的血和污斑。回头看，船已不见。我看着那个平平常常的太阳，忽然疑心刚才那一切不是真的，包括那个黑脸渔妇和她的孩子。

第三辑　嘉年华

布拉格

——那一块雨中的墓碑

前年10月，我在欧洲看到了真正的碑林与墓地。欧洲的墓地，与教堂一样美。但是墓地与墓地，很不相同。维也纳的墓地，是精美的。所有的雕塑都是完美的艺术品。墓地的大门打开了，在祭品、花环、圣灯、水瓶、甲胄、箭筒、银制的面具中间，有着巍峨的雕像、本邦的守护神与童贞女。巴赫、勃拉姆斯、贝多芬、莫扎特……或者拉着他们的小提琴，或者托着他们思想的额头，沉思着。莫扎特的金像，在维也纳的天空下灿烂辉煌，在那些大音乐家的碑林中，始终荡漾着音乐，那个冥冥中的演奏者有着细腻的技巧、精纯的音色、丰满的和弦、微妙的底蕴和完美的表情，那些凝固了的音乐全都变成了碑文，那庄严美丽的墓地上，到处散落着花朵，那是一种深深的和谐与宁静。

后来，我无意中发现了塞尔维亚南部的中古时代的墓地。和那些大音乐家的碑林相反，这里的雕塑是简单的、粗犷的，只有两三个简单的几何图形，石碑上的沟槽、那些不规则的名字，还有断裂了的碑基，所有的碑都是东倒西歪的，但唯其如此，才令人感受到了真实与惨烈。那片碑林像是一个广袤的古战场，在那片古战场上，曾经发出过荡气回肠的金钺之声。

但是印象最深的，却是布拉格的一小块普通的墓地——那是捷克作家丹纳的墓地。那一天，我们与捷克著名的汉学家何老先生约定，去凭吊丹纳。

那一天，细雨蒙蒙，布拉格沉浸在一片灰色的阴霾里，那种灰色的调子使我想起《生命中不能承受之轻》或者《玩笑》。但现在的布拉格,已经不是米兰·昆德拉描述的那个背景了。那是一种柔和的甚至柔软的背景,曾经翻译过《好兵帅克》的刘星灿老师反复地说,捷克是个性格温和的民族,是这样的。一直随同我们的老汉学家以及他的孙子,都显得非常温和。

他的孙子的中国名字叫作何志达(我们叫他小何),只有二十几岁,看上去却要老成得多。那一双深邃、敏感又有点神经质的眼睛,让人一下子想起卡夫卡,正巧卡夫卡的出生地也在捷克。同行的肖复兴也有同感,就说了。没想到,他真的演过卡夫卡,在他上大学期间,他应捷克国家电视台之邀,客串了一把卡夫卡,我们于是看着他笑起来,他也笑,羞涩而温和。在参观捷克国家图书馆时,几个学汉语的同学和我闲聊,他也在其中,他们纷纷报出他们的中国名字:吴华、丁楚红、何亚娜……每报出一个来,我就叫一声好,唯独说到何志达的时候,我犹豫了一下,我说,这名字好像一般了点。他就着了急,结结巴巴地用汉语说,这名字是爷爷起的,意思很好的。我见他着急,急忙更正说,何志达这个名字,要细想一下才觉着好。他就笑了,仍然是那种羞涩而温和的笑。

雨中的墓地,很冷。我们挑选了鲜花和蜡烛,献到了丹纳墓前。我们吃惊地看到,银发银髯的何老先生,竟然站在雨中的石碑后面等着,团长王火老师上去和他握手,谁也不知道,他到底等了多久。

出来的时候没想到这么冷,穿得少了,便有些发抖。小何把他的大羽绒服脱下来,披在我身上,我言不由衷地推辞了一下,没想到一向温和的他十分强硬,他用生硬的汉语结结巴巴地说:"你……一定要穿上,因为……你是女的……我是男的……你是客人,我是主人……"我穿上了,身上一下子暖和起来,就对自己说,

寒鸦

这倒是个很好的理由。他的大衣服穿在身上，我顿时显得很滑稽，王火老师说，像好兵帅克。

离开墓地前我们合了影。小何没有忘记在墓碑前的烛台上点上蜡烛。那一小片烛光，在灰色的雨地里，显得晶莹透明，它烛亮了那块雨中的墓碑，使它变得晶莹起来。

那一块雨中的墓碑，温暖柔和，不可忘怀。

（前天接刘星灿老师电话，告知何老先生已于近日病逝，于是拿出了这篇早已写好的小文，以示我深深的悼念之情。）

阿里山之夜

远远地就闻见阿里山的味道了。

那是一种青绿色的芳香。潮湿得像是要滴出水来。那漫无边际的青绿色多么美丽，让人想起“拔地青苍五千仞”这样美丽的诗句。

这是中国作协代表团来到台湾的第三天。我和叶广芩大姐、毕淑敏和方方相携走过阿里山的林区，边走边拍照。好久好久没见过这种纯粹的绿色了，绿得浓艳欲滴，不染一丝尘埃，那种清凉芳香的气息掠过面颊，就好像做了一次皮肤护理似的，让皮肤感到清凉光滑，贪婪地吸上几口，就连五脏六腑也清理了，周身通明透亮，令人不禁想到，阿里山原是有山神存在的，到山上去朝圣，就一定要焚香沐浴、通身洗涤，不可沾染一丝尘埃。

最令人讶异的是阿里山的树。那些树造型极为怪异，有一棵伏卧在地的树，许许多多的枝蔓盘根错节，如同呈管状的现代城市雕塑一般自相缠绕，放在崎岖的山道上就是一尊完美的现代雕塑，那种造型与材料，即使是最富于想象力的艺术家也感到匪夷所思，我想，那一定是神的作品。与那些树合影的时候我小心翼翼，生怕林妖会在这种时刻突然苏醒。举目望去，那些层层叠叠的树，那些高大的乔木与低矮的灌木，就像是法国巴比松派大师柯罗画中的风景，到了夜晚，将有美丽的金黄色的林妖在那些树丛中出没。

阿里山的夜晚终于到来了。东道主阮百灵把我们的晚宴设在了山腰。那些来自山里的美味，香而味浓，给略略有点疲倦的我们,带来一种近乎奢侈的慵懒、舒适的感觉。阮百灵过去在北京见过,这次重逢,他只把我当作老朋友待,仍是像过去一样活跃,说笑个不停。台湾方面负责接待的周理事长像邻家阿叔一样亲近随和;一路陪我们的王小姐,一直在用低低的频率讲述着阿里山少数民族的风俗,她送全团每人一只装眼镜或者手机的绣袋,很漂亮。照例要有敬酒词和答谢词。这个团里很多人都有一流的口才,首先是我们的团长王火老师。这位七十岁的老人讲起话来总是思路清晰,言简意赅,不温不火,滴水不漏,这是我第二次领教他的口才了。第一次是去捷克,也是他带队,那一次得到的评价极好,与他这个团长有很大关系。这一次,比上次似乎更潇洒了些。还有如顾湘先生、李兴叶、傅活、薛家柱、叶延滨、郦国义、钮保国,哪个不是能说会唱?前两天钮保国的一首《好酒歌》已经把大家镇住了,傅活在车上又以一曲《霍元甲》让我们感到石破天惊。只有扎拉嘎胡和赵本夫显得沉默,扎主席是真的大象无形、不擅辞令,而赵主席却是喜欢静思,一不留神说出一句话,也是有相当的水准。

女作家就更不必说了,毕淑敏的口才,早些年我便有体会,的确是能言善辩,非常得体;方方的聪明锐利、伶牙俐齿文学圈内早有定评;叶大姐的脱口秀更是常常赢得满堂彩。我已经是第二次和叶大姐同居一室,叶赫那拉的后裔果然非同凡响,不知为什么,她的一举手一投足都令我想起老佛爷,于是我就真的叫了她“老佛爷”,她也真的答应,老佛爷常常在夜深人静时向我“痛说革命家史”。她老人家依然精力很旺,我甚至觉得她会永远写下去,超越时空,永远年轻。她常说性格即命运,我也相信,是她的性格改变了她的命运,并且会越来越好。

相比之下只有我讷于言,却又不敏于行。但是在清凉的山风之中,听着“高山青,涧水蓝,阿里山的姑娘美如水呀,阿里山的少年壮如山……”，看着眼前的山林美味和热情盎然的“山里人”，还是禁不住心潮涌动，便站起来唱了一支《明天会更好》。

一位台湾诗人抓起了另一支话筒，陪我们的陈小姐穿着绣花衣裳，也在旁边唱——我选这首歌的时候竟忘了它就是台湾歌曲，在场的所有人都加入了进来：

轻轻敲响沉睡的心灵，
慢慢张开你的眼睛，
看看忙碌的世界是否依然孤独地转个不停
春风不解风情，
吹动少年的心，
让昨日脸上的泪痕，
随记忆风干了——
……
唱出你的热情伸出你双手让我拥抱着你的梦，
让我拥有你真心的面孔，
让我们的笑容充满着青春的骄傲，
为明天献出虔诚的祈祷！
……

和台湾人一起唱一首两岸都流行过的歌，非常有意思。这时的天空已经黑尽了，远处有星星点点的灯火，一定是美丽的林妖显现了，是她们点着一盏盏小小的灯笼，为我们这些来自远方的同胞照明，她们也在欢迎我们吗？她们也想加入我们的欢乐和陶醉之中吗？在那样的时候，喝一点点酒就会醉去，沐浴在林木的芳香之中，沉沉睡熟。

阿里山之夜洋溢着丰饶之美,不禁令我想入非非——什么时候,可以随便在哪个周末,坐着飞机赶到这里,就像去三里屯酒吧街似的那么便当,在阿里山山腰的这家餐馆里,沏上一壶刚刚摘下的新茶毛尖,一边品茗一边闲谈,若是在雪天,最好还有几只醉蟹,就着阿里山的山珍,聊尘封已久的前朝往事。

明天,这并不是不可能的事。

明天会更好。

维吾尔族民居的女主人

真的没想到维吾尔族的民居会这么美——当然,这是伊犁当地的维吾尔族首富。

维吾尔族的屋宇早先融合了陕甘地区和西亚的建筑风格,近代又吸收了俄罗斯的民居艺术。它的平面,多为一字形、L形或者凹字形,也有豆腐块形的,中间置一通道。一字形即一间、两间或者三间并列,排成一字形。若是两间,就采取里外间布局,对外入口开门在外间;如果是三间,就以后中为正房,对外入口设在中间,进门后再向左右间各设入口,似一明两暗的房屋布局。L形,就是把一字形房屋的一间向前伸出1—2米,可在延伸部分单独设对外入口。凹字形,就是一字形的中间房屋缩进去1.5—2米。豆腐块形,就是采用分支布局,设一通道,联系左右的房屋,通道的一端设对外入口大门。

这座房子是T字形的。

当然最吸引我的首先是色彩,那种柔和的青蓝色在雪白的墙面上刷出古波斯式的图案,中间有断续的黑色花纹点缀,有明亮的金夹杂其间,不知是金粉还是金箔,显得富丽堂皇。

然后是造型。这是伊斯兰宫殿的造型,很高大很雄伟,屋檐镶满了伊斯兰式的刻花,虽然有点洛可可的繁赘,却也不失一种异域风情式的美丽。

女主人走进走出地忙着,并不和我们打招呼。随行的朋友告诉我,她叫阿娜尔古丽,是汉语石榴花之意,这解释引起了我的注

Xiaobin
2013. 12. 3

意。我看着她，她穿纱底丝绒花纹长裙，典型的维吾尔族女人的脸，并没有什么太明显的特征，但是可以看出来她年轻时肯定是个美女，这是我从她那轻盈的体态和深深地带着一丝忧伤的黑眼睛里看出来的。她的忧伤不是少女式的，而是少妇式的，是少妇那种深藏着人情世故的忧伤。写作的人常说，人情练达即文章，眼前的这位维吾尔族少妇，应当是一位人情练达却又深藏不露的女人。朋友告诉我，她的男人在阿勒泰做宝石生意，发了财，但是多年以来，这一座深宅大院里，只住着她和她的孩子。

这当然使我产生了联想，一种蝴蝶梦或者鹰冠庄园式的联想，在这座豪华的庄园里，是不是也曾经发生过什么神秘的故事？

只有当我提出合影的时候她微微笑了一下，我是小心翼翼地提出来的，生怕遭她拒绝。

在华丽的屋檐下，她家植物葱茏的小院似乎更招我喜欢。就在这个小院里，她一手抱着孩子与我合影。我感觉她的微笑后面全是疑惑，那种疑惑是轻轻地散发出来的，如同一种淡淡的香水，把我笼罩在里面了。

神光普照赛里木湖

今天是我快乐的一天，因为去了向往已久的赛里木湖。

我不知道如何表达我的心情，按说，去过的地方也算不少了，且不说九寨沟的奇异、张家界的壮美、敦煌的神秘……就是夏威夷湛蓝如丝的海水、佛罗伦萨静谧如画的黄昏、枫丹白露深浓瑰丽的秋色、卡罗维发利童话般金色的美景，也曾深深地打动过我的心。可是今天见到了赛里木湖，我竟疑心那不是人间的景致。那是神的领地，那是被神雪藏着的地方，轻轻揭开面纱，赛里木湖宛若天人。

第一件事当然是拍照。但是照片无论如何也无法传达真实的美。我第一眼看到的赛里木湖是正对着阳光的，因此湖水色彩比较浅。有一些不协调的景致也充塞在里面，譬如那些不发达的旅游业，比如那些色彩鲜艳的马匹、骆驼和帐篷，好像是给一个天生丽质的少女作了一些并不高明的化妆，给人以画蛇添足之感。

好心的、善解人意的刘师傅开车带着我们沿湖转了一圈。说心里话，那车每开出一米，我就想说，停下来。奇幻的光追逐着我们的车，把我们带到了一个神话世界。那水的蓝，由浅蓝、灰蓝、湛蓝，转到钴蓝、深蓝、银蓝，我第一次发现，蓝色竟有如此多的变化，在湖的背面，蓝色突然显得那般深邃，深得不可见底。那是真正的蓝色的梦，娇嫩而易碎，但是又充满了西域的神秘。云雾缭绕着那蓝宝石一样的水，如同海市蜃楼一般形成层层叠叠的屏障。有山，很低平的山，颜色是新鲜的黄褐色，它使我想起达利的蓝色系列画。那种圣洁宁静的蓝色与躁动不安的背景就那么毫不和谐、毫不妥协地凝结在一起。达利笔下的水常常像薄纱一样地可以揭起来,好像那正是水的“皮肤”。

水是有皮肤的,看了赛里木湖你就可以相信。

但是真正神迹的发生还远不止于此!

当我们的车开到赛里木湖背面的一个角落时,我发出了一声惊叫——连一直沉默的刘师傅和小何也兴奋地跳下车来。

整整一排天鹅正栖息在湖边!

这是我第一次看到自然的、野生的天鹅!

天鹅象征着吉祥,它们似乎是一种神谕。它们安安静静地栖在湖边,享受着浅淡温暖的阳光,阳光在它们洁白的羽毛上形成一块块纯银的斑点。

就在那一刹那,我看见一束光线斜斜地照射下来,整个湖面突然地明亮了。神光,是神光!我心里的一个声音在说。

我轻轻地、轻轻地拿着相机,悄悄地、悄悄地走了过去。

它们毕竟是太警醒了,就在我准备拍照的那一瞬间,它们轻轻地飞了,像一束银色的风,一闪,就消失在碧水蓝天里了。

但是还有一只天鹅,居然纹丝不动!刹那间我好像看见了它的眼睛,它的眼睛孤独而骄傲,但是又很善良,似乎对我这个远方来客格外开恩,它好像在说,你不是想跟我合影吗?我等着你!

刘师傅是当地人,是老司机,到赛里木湖不知道有多少次,却也是第一次看到天鹅,他吸着烟笑:“徐老师,吉兆哩!”

我激动不已,久久不能平静。我在想那一群天鹅,我在想那一只天鹅,他无疑是一个王子,被施了魔法之后化作天鹅在清晨出现,他本人一定有着清癯的面容和神秘忧郁的眼睛,湖面上笼罩着一种暗淡的银灰色的雾气,水晶般透明的天鹅王子飘浮在闪烁的烛光和紫色的涟漪中。连他巨大的羽翼也如同一团玫瑰色的空气在慢慢消融。他向藏匿着危险的幽暗湖水走去的时候,带着无限的魅力回眸,那一双清澈的眸子在世纪末的黄昏走向生命之梦,末日的太阳正在他的羽翼上发出玫瑰色的反光。

天鹅王子,能让我看看你的真身吗?

水之性灵
——记本溪水洞

被污染的城市——本溪藏着一个未经污染的岩洞。这洞可与名昭天下的桂林七星岩、芦笛岩媲美，却因了东北人的朴拙，仅仅冠一“水”字，似乎委屈了它。谁知及至看过之后，却牢牢记住了这个名字，反把那无数有着美丽名字的去处淡忘了。

来到这里时值炎夏，却见洞口有出租棉大衣的。友人道：“进洞需穿棉大衣。”我不以为然。谁知一入洞口，便觉一股寒气袭人，俨然有到了地府的感觉。黑黢黢的水被朦胧的灯光照耀，如同一片黯淡的霜雪。我与友人同驾一叶小船，漫然荡去。两侧的石壁投下极美丽的阴影。以手轻拂水面，冰凉滑腻，犹如无数绿色的蛇在水中卷着枝蔓，阴险的蛇眼则在水的深处闪闪烁烁。转到开阔处，其水面宽度竟可供七八只小船并排荡过。数十盏灯照得水色通明。奇形怪状的钟乳石犹如七月之巧云，看它像什么便是什么。同是一块石，每个游者都有属于自己的想象。那剔透如丝的石梳可以是老翁的美髯又可以是少女的长发，那晶莹玲珑的弯石可以是水中之月又可以是关老爷的青龙偃月刀。无数种想象无法穷尽石之丰富，就像无数变幻的石无法究尽水之丰富一样。

有些则属于共同想象。因为你不可能把它想象成除此之外的别的什么。譬如拐角处那块线条婀娜的长石，极像一个面壁而泣的女人。她背对光明独自拥抱黑暗。丰满的乳房和纤细的腰肢构成的线条荡魂慑魄，一时间竟令人感到这块石有着血肉丰满的生命。友人说：“真想摸摸，看她是不是温热的。”大约这种“居心叵测”者甚多，这块石的周围总横七竖八地绕着几条船，造成交通堵塞。只好远远地看。看久了，竟觉得所有的石都活转来，这种强烈的生命感觉粉碎了一切想象，如流星雨一般四散开来，撞击着两岸神话般的绝壁。若受了日月精华，这满洞的石定然会脱胎成形，呜咽咽唱开几千年的愁闷。

船复驶入幽暗处，犹如在夜空中潜行。静寂愈加浓稠。被船桨勾勒出的水的弧线变成琴弦垄断洞宇。每划一桨便拨动了一个美妙的天籁。船上的穿灰色棉大衣的游客此时变成一队队寂静无声的灰色幽灵。在黑暗的深处，幽灵们匆匆而逝，像云雾一般若隐若现，透明空蒙。我虽看不清自己，但自知也是这众多“幽灵”中的一个，于是忽发奇想感觉到死亡不过是一种灰色的隐身衣而已。从生到死不过是生命形式的相互转换，又何必慨叹生之艰难、死之必然……

水在出口处化作雾气蒸腾，变成片片云彩，飘过浮动不定的壁，袅袅升入天空。太阳的魂灵正化作芬芳的色彩流入水中。一种异样的温馨笼罩了我。这是一种经历了寒冷的温馨。

小小的本溪水洞已经生存几千年了。这里，曾来过多少游客！但水上却无法留下任何人的足迹。在破碎的白昼和完整的黑夜交替中，水始终只是一首毫无寓意的寓言。它安然流淌了几千年，排斥着污淖，孕育着灵性，繁衍出如此多姿多彩的石壁，给人以永恒的享受。

这大约是因了水有生命，水有灵性，而这生命与灵性又是如此朴拙！如此简单！从水洞中走到灼热的阳光下，我忽然想到：还是东北人聪明，这去处实实在在不能有比水洞更美妙的名字了。

夏威夷的扶桑

久仰夏威夷。

今年初应美方邀请有了一次赴美讲学的机会。讲学结束，便毫不犹豫地决定：把全部讲课费扔在夏威夷。

5 月的夏威夷，气候已像北京三伏，但却绝不闷热。它热得爽，热得透亮，因为有海。远远地从飞机上看过去，夏威夷如海市蜃楼一般，美得令人惊叹。

在看了珍珠港、恐龙湾、国王金像，领略了夏威夷特产黑珍珠的炫目光彩之后，我开始了夏威夷一站最精彩的节目：波利尼西亚文化村之旅。

文化村有七个部落。七个部落有七种风俗、七种文化。当你乘着一条独木舟划过静静的水面时，各个部落穿着民族服装的土著人会乘着同样的独木舟穿过那些奇异的热带和亚热带植物，漂过水面来欢迎你。你会忽然觉得这是个神话，这是个真正的远古的伊甸园。当亚当和夏娃被逐出此地之后，这里依然保存着天真未凿的人群与混沌未开的美丽。

那水如蓝丝绒一般厚重而深湛，越发显出水边绿叶扶疏之中大红扶桑（夏威夷州花）的艳丽。那些颜色都是纯粹的天然色，包括夏威夷的姑娘，都是那么纯粹、那么天然，她们用各种鲜花编织成花冠花环，戴在头上、项上。头上的花不是随便戴的，若是已婚，戴在左边；若是未婚，戴在右边；戴在后边有孔雀开屏的意味：等待追求；千万别戴在前边，那样就会被人认为是北京的二百五、上海的十三点、香港的三八了。

各个部落都用最精彩的节目来欢迎游客,精彩之最的,要算莫里亚酋长的表演。这是个真正的表演大师。即使好莱坞超一流的明星也自叹弗如。他个子不算太高,但极壮。头上扎一圈用薄荷叶编成的冠,上身赤裸,腰上围一圈兽皮,身上别着弓箭,英武之外透出几分淳厚。出人意料的是,他讲一口极漂亮的英语,同时会四国语言。他大手一挥,便有一个土著人如灵猿一般四肢并用攀到一棵椰树顶端,扔下一颗成熟的大椰子。那距离起码也有 20 米,酋长却稳稳地单手接住,这一系列令人眼花缭乱的表演激起了热烈的掌声。酋长举起椰子大呼:美国人和欧洲人举手,只见稠密的游客群中手臂林立,约占了总人数的三分之一;酋长接着喊:Japanese(日本人),举起的手臂表明日本游客占了三分之一,最让人想不到的,是中国(包括香港)游客差不多占了剩下的近三分之一,于是欧美人、日本人和中国人形成了三足鼎立的局面。酋长接着把椰子和一把锤子递给身旁的一位黄头发蓝眼睛的女士,女士竭尽全力,椰子纹丝没动。酋长微微一笑,像变魔术似的把椰子一举,又在膝上轻轻一磕,椰壳从中间裂开,早有乳白色的椰汁流下来。又是一阵热烈的掌声。接着是授花冠仪式。酋长分别叫了美国、日本和中国的三位女士,先赠给她们每人一串花环,都是夏威夷的鲜花,沉甸甸的,足有上百朵,然后按夏威夷礼节让她们每人吻他一下,他再授冠。这花冠上的花朵是不同的,鲜红的扶桑最上乘,其次是一种浅黄色的花,再次为白色花。第一位是日本女士,因他站在高台上,她怎么也够不着他,女士急得抓耳挠腮,酋长抱着胳膊一点儿也不配合,一边半是嘲讽半是怜悯地摇着头:Oh,Japanese! 游客们哄堂大笑。轮到了美国人,她倒干脆,根本没有那么多啰唆,冲到高台上抱住酋长便亲了一下,酋长夸张地做着手势,大家几乎笑倒。最后是一个中国姑娘,她红着脸站在那里,不动,一副惹人怜爱的样子,酋长情不自禁地弯了弯身。我看着姑娘颈上的花环,蓦然心生一念,遂用中文大叫:套他！那姑娘敏捷得令人吃惊,她瞥我一眼,一扬手,早把项上的花环直接套到酋长的脖子上,还没等他反应过来,她使劲一抻,他下意识地一低头,脸上早响起一声轻吻。大家捂着肚子笑,又鼓掌又跺脚。酋长连连笑道:Chinese,Wonderful！(中国人,真棒!)鲜红色的扶桑自然属于中国姑娘了,所有的中国人脸上都是亮光光的。

从此在我关于伊甸园的想象中,总有一枝怒放的鲜红色扶桑。

西欧风情

西欧的几个国家，荷、比、卢总是放在一起提。

很小的时候看过一本荷兰童话《银冰鞋》，那是个非常美丽的童话，从此就把荷兰与“银冰鞋”放在了一起，再大些成了球迷，就又加上了荷兰队，还有郁金香。

再后来，又知道荷兰有一位华裔女作家林湄，林湄成了我的好朋友。

但是这次去荷兰，林湄正好去了鹿特丹，没有见到。郁金香还没到盛开的季节。至于银冰鞋与荷兰国家队，就更是虚无缥缈。

只剩下了风车和木鞋。

到了专门制造木鞋的地方。一个年轻的男子，就像荷兰童话里那样的打扮，在一个手工作坊式的地方，挖着木鞋的孔。木屑到处都是。周围的货架上摆着各式各样的木鞋，还有各种蓝白两色的瓷器。木鞋和瓷器都很粗糙，不知是不是有意这样粗糙。总之对于荷兰的工艺品我很有保留。当然也有个别的很精致。譬如我挑出的一双朱红彩绘木鞋，只有手指甲那么一点点大，颜色却艳丽得戳眼，当然价钱要比一般的木鞋高出七八倍。

比利时的象征当然是那个撒尿的小男孩于连。小男孩周围从早到晚围了那么多人，难怪小男孩的尿永远也撒不完。

我对比利时最深的印象却是巧克力。比利时的巧克力千姿百态，价钱从低到高有无数个档次，即使最穷的穷人也能买块低档巧克力吃吃。我买了一盒包装精美的巧克力，价钱也颇不菲，带回

Run away
2014.

来，大家吃了，余香满口，都认为是一种享受。后来看了法国获奖影片《巧克力》，就更加觉得巧克力魅力无穷，一块鲜浓牛奶味的巧克力，咬上一口，真的会把所有的郁闷都丢在了九霄云外！报纸上一会儿说吃巧克力会发胖，一会儿又说吃巧克力对男人特别好，最近又说巧克力不但不是发胖食品，还可以治疗抑郁症呢。爸爸在世的时候常说，要是事事都听报纸的，就干脆别活了！比利时的巧克力，的确有一种特殊的香味，令人回味无穷。

荷、比、卢当中，给我留下最深刻、最美好印象的地方，是卢森堡。那一天大雾迷漫，大雾之中拿破仑的铜像依然是那么戳眼。与拿破仑自然是要合影的。从很早的时候就喜欢拿破仑，不仅仅是因为他的霸气与伟业，还因为他是一个非常特殊的人，一个有魅力的、漂亮的男人。最典型的拿破仑画像是大卫所作的那一幅：面孔清癯，略有些苍白，挺直的高鼻梁和轮廓鲜明的嘴唇，还有那双坚定、犀利、智慧的眼睛，略略有点长，眼角微微上挑，正是我喜欢的那种类型。据说拿破仑永远穿着一双特殊的鞋子，因为他的身高只有一米六八，其实这位年轻的统帅大可不必为他的身高忧虑，因为他实际上是个巨人，所有的高个子都对他高山仰止，拜倒在他的麾下。

其实从某种意义来说，这个世界是由矮个子来统治的。我们只要知道孙中山只有一米六七，邓小平只有一米六二，巴尔扎克只有一米五七，而中国的脊梁鲁迅只有一米五二，就完全可以说明问题了！

说来好笑，最近连续见到的两个老板都是身高不足一米六五，有朋友说，唯其如此，才能成功。他们要想掩饰自己身高的缺陷就只有成功。

拿破仑铜像旁边是个小卖店，我买了一盒酸糖，嘴里嚼着酸糖走进了卢森堡大公国的市中心。

这个小小的国家干净、安静、美丽、平和、富裕，是一个非常适合居住的地方。

相比之下，倒是巴黎一开始有些让我失望。

走进巴黎市中心的时候，没有什么令人惊奇的，真的没有。就像是走进了西单的商业街，那些建筑，真的没有当下北京或者上海的更漂亮。

不过巴黎是一点一点地揭开它迷人的面纱的。

首先要去的当然是卢浮宫。说起卢浮宫就想起了一个笑话。几年前余华等四位中国作家去法国时到了卢浮宫，因为当时只有半天时间，四人冲进卢浮宫，如同没头苍蝇一般大喊："《蒙娜丽莎》在哪里？米洛斯的《维纳斯》在哪里？"这个笑话让张梅讲出来再让张一零补充，就更是让人笑破了肚子。

我接受这个教训，想，参观卢浮宫一定要慢慢来，反正也没安排别的事。可是一进去就身不由己了。那么恢宏巍峨的宫殿，竟然挤满了参观者。人数最为众多的是来自各个国家的旅游团，每一幅名画面前都是人头攒动，和我想象中的优哉游哉地观赏有很大的差距。

但是没有办法。保安说，几乎每天都是这个样子。我被人流裹挟着走过那些伟大的名画，久久回眸不忍离去。我在《蒙娜丽莎》前面拍了照，我与蒙娜丽莎离得那么近，近得可以看见她脸上油彩细微的裂纹。不知为什么，我始终不认为这幅伟大的画像中的女人很美。这是个非常一般的女人，我甚至觉得，正是因为她姿色平平，达·芬奇才选择她作为画的对象。作为文艺复兴时代的"画坛三杰"之首，达·芬奇首先要冲破的是中世纪那种没有血肉、没有生命感的绘画模式，因此他选择了一个非常平凡的女人。

席里柯的《梅杜萨之筏》、德拉克洛瓦的《自由引导人民》等等，都让我想起我的青少年时代。那时，我从我的老师家里借了一些画册，那些栩栩如生的人像让我震撼不已。我曾经临摹了一幅俄罗斯画家的《女公爵阿尔玛托娃》。那时我醉心于描绘女性迷人的肉体。现在，站在卢浮宫中，看着德拉克洛瓦笔下的女性，那些饱满而骄傲的美丽乳房，依然令我震颤不已。

塞纳河当然是要游的，游塞纳河的时候，已经感觉到了一丝凉意。游船上站着或坐着来自各国的游客们，有一些看上去十分相配的青年男女，脸上透着阳光灿烂的微笑，让人觉得世界无比美好。法国女孩真的很美。最不同的是她们的皮肤，她们绝不像美国或者东欧女人那样有着大毛孔和白绒毛，她们的皮肤，甚至比东方人的还要细嫩。这除了她们真的天生丽质之外，还很会保养，法国的香奈尔、兰蔻，的确比资生堂的化妆品更加温和。

香榭丽舍大道两旁是巴黎的高档商店，东西都贵，但是的确精美。我买了一面小钟，是树脂做的，钟表的周围全是做工精美的蔬菜玉米，特别适合挂在厨房的墙上。还有一面小镜子，是典型的19世纪风格，上面是洛可可式的宫廷图案。最喜欢的还是洋娃娃。看着那个娃娃就知道为什么该叫洋娃娃了，因为中国的工艺永远做不出来，即使用了同一种模子，味道还是会变。这个可爱的洋娃娃长着淡金色的头发，穿宝石蓝的裙子，上面用金银丝盘成很精致的花，像是藤萝又像是风信子，脚上穿一双同样淡金色的高跟鞋，一双蔚蓝色的眼睛可以随意闭合，睫毛闪动，楚楚动人。对这个洋娃娃我爱不释手，可是买回北京，过了不到一个月就送人了。原因是一个熟人（注意，连朋友都不是！）的爱女得了急症，我去看望，情急之下找不到比这更拿得出手的东西，就只好忍痛割爱了。如果今生有幸再去巴黎，我一定首先要再买一个洋娃娃，一定要比过去那个还要漂亮！

香榭丽舍大道直通凯旋门。凯旋门上空的蓝天白云令我想起1998世界杯时法国夺冠的场景，不过当时天色已经黑了，但是灯光把香榭丽舍大道映得通明，整个巴黎变成了一座不夜城。一辆花车从人们的头顶缓缓而过，那上面站着英雄齐达内、图拉姆、亨利、珀蒂……几个月前，有谁能想象得到大力神杯的得主竟是法国队？

世界上的事情也真是奇怪得很。人说成者王侯败者寇，可即使法国夺了冠军仍然有很多人不待见他们。真的，比起贵族味十足的荷兰、阳光灿烂的英格兰或者野性未泯的阿根廷来，法国队实在是不那么招人喜欢，整个队中像样的球星好像只有齐达内一个。但在现代足球中像法国队这样靠整体实力的才容易取胜，毕竟马拉多纳的时代已经过去了。

看'98世界杯决赛时是在《东方时空》，与白岩松共同做一期节目。当时白岩松把我领进演播室，几个大灯一烤，他连珠炮似的发出一系列的提问，这是他的惯技，但是这次他遇到了对手。就在演播室《东方时空》小伙子们的注视下，我和他唇枪舌剑地打了个平手，最后他心满意足地舔了舔嘴唇说，开始吧。

当然，我们谁也没想到是齐达内的光头最终解决了问题，在北京时间凌晨5时许，上帝的手大概摸了一下齐达内的光头。

可是现在站在香榭丽舍大道之上，这一切已经成为过去。下一届世界杯究竟鹿死谁手，又成为新的悬念。大概正是这一个个的悬念吸引着人们有滋有味地活下去。

我喜欢凯旋门旁边那座玻璃的建筑，那上面有着许多字母，看上去非常特别，我就在特别的建筑前拍了一张照片。

在意大利我去了威尼斯、罗马和佛罗伦萨。

最喜欢的要属佛罗伦萨，这个常常被译作“翡冷翠”的地方。

到佛罗伦萨时已是黄昏。

找了临近郊外的一家小旅店。欧洲的旅店都是这样的，不大，但是非常洁净，恰如欧洲本身的风格。因为在京时刚刚做完装修，就特别注意装修的风格：似乎很简洁，有些像北欧的简约主义，但材料用的是一流的，那种瓦蓝色的大气规整的瓷砖，在灯光下特别莹洁坚润，十分高档。窗帘是乳白的剔空镂花，微微露出一丝外面的蓝天白云，有微风吹进，十分温和。

就忍不住走了出去。

就在不远处，发现了一家皮具店。走进去，一点一点地发掘，就像找金矿似的，真的找到了几样价廉物美的货色：赭石色镶金边的小钱包、羊皮面烫金的笔记本、雕出凹凸花纹的皮杯子……工艺上都是精美得难以想象。有一个四十多岁的中年皮匠被人围着，人们拿出自己的皮带请他烫金，他只收很少的一点点钱。后来知道这种烫金工艺是这个店的招牌。也怪，只消烫上那么一点点金色拉丁字母或者古怪的花纹，皮带就一下子显得高档了似的。

终于在许多的皮包里挑出一只镂空花的黄牛皮小包。镂空的花形是玫瑰，衬底是一种暗米色的丝麻，我把它拿在手里看了又看，恰如捧着一个水晶玻璃人儿，既爱不释手，又无所适从。记得好像是22万里拉，算是皮包里最便宜的了，加上那些乱七八糟的小物件，一共是31万里拉，店里规定超过30万里拉就打七折，于是我毫不犹豫地到柜台去结账，其中一个店员竟是从中国内地来的，他看着我笑眯眯地说，你很会挑东西，都很精美。

如果在小摊上，意大利的皮具则便宜得惊人。头天参观比萨斜塔的时候，顺便逛了那一连串的小摊。有各种各样的小皮包挂在摊位上，红红绿绿的特别醒目，皮是极好的皮，做得也精致，价钱也便宜，我买了一只，当时还很高兴，可是跟眼前的这只小皮包一

Xiaobin

比，可就差了些成色。说不出来是差在哪里，就像在国内，在赛特和批发市场买了同一种衣裳，牌子花色都是一样的，可看上去档次就是不同。

后来我才知道，我去的是意大利最好的皮具店之一。人们看着我包里那价值 31 万多里拉（打折后仅相当于人民币 660 元左右）的皮具，都惊愕地猜了一个个天文数字，当我得意地把实价告知的时候，他们更吃惊了。大家公认，将来我的生计出现问题的时候，可以倒买倒卖为生，会是一个相当出色的倒爷，不，是倒奶奶。

在德国的时间很短，印象却很深。当时正值著名的巴伐利亚啤酒节，但是这个著名的啤酒节似乎与我没什么关系。比较起来，倒是巴伐利亚的那些小镇给我留下非常美好的印象。小镇上那一条条石子铺成的街道两侧，都是小店。在街道的入口处有个非常干净的水槽，我看见一个男人牵着一条狗来饮水。那个男人身材高大，有很蓝的眼睛和很高的鼻梁，典型的大日耳曼血统，简直有些像电影里的那些党卫军军官。他的狗简直就是神界的宠物了：毛色雪白，颈项上一圈毛碧蓝透亮，一双蓝得发绿的眼睛，吐着红红的舌头，美得惊人，高贵得惊人，一看就是名种。我默默地站在那里看它饮水，它喝起水来从容不迫，非常干净，那个男人看着他的爱犬，眼里全是骄傲。我看了很久，待它起身的时候，和它打了个招呼，那个男人立即和我打起招呼，告诉我说，它叫 PETER。也许我眼中的爱意打动了男人，男人让 PETER 做了个动作，和我告别。PETER 做动作的时候，仍然是高贵无比，这就是狼狗与豺狗的区别。我久久站在那里，直到 PETER 的背影完全消失。真的后悔没有带一个小型的摄像机，把 PETER 的一切都记录下来。

走进小巷，两侧都是小店。走进一家，看见有卖各色杯子的，有一只金属制成的杯子，上面刻着古典主义画家画的战争场面，还有一只乡村风味很浓的木制盘子，上面刻的红、绿、棕三色的花纹特别好看，就都买了下来。最让我感动的是那个小卖店的店主，一个剩不下几根头发的老人，竟追出来仔仔细细地把我多交的两个芬尼还给我，还微笑着招手再见。在国内似乎难得遇上这样的认真与温暖。在另一家小店里，还买了一个古代军队的纹章。我很喜欢这种纹章，有两把宝剑交叠着缀在一起，我把它挂在我的床头，对朋友说，这是我的达摩克利斯之剑。

是啊，对于我这种“奥伯洛摩娃”式的惰性十足的人，似乎永远需要一把高悬头顶的“达摩克利斯之剑”呢。

那一碗香喷喷的牛肉面

12 月的台北,竟暖到可以穿北京的夏装。

印刻果然不凡。社长神笔一点,我们便乘上了遨游台湾的飞毯。从台北"故宫"到中正纪念堂,从宜兰清洁的山水、古老的木雕到鹿港小镇老街上透亮的乌鱼仔、用树枝雕琢的铅笔,从玫瑰园美丽的英伦骨质瓷茶具、浓郁的花香茶香到窖门咖啡的极简低调奢华,从植物园宽尾蝶翅的绚丽翅膀到素书楼凝重端严的大红门,从赤嵌楼夜景的正大仙容到明伦堂令人震撼的"忠孝节义",不到十天的"文化福旅",竟可以写成一本书了。然而书中最醒目的插图,还应算是那一碗香喷喷的牛肉面。

北京人喜欢吃牛肉面者甚众,作家尤甚。我则一般。旁人认为好吃得不得了的婉容故居牛肉面,我亦觉不过如此。然而此次所吃张记牛肉面,却令我终生难忘。

难道是因为饿了？刚踏进张记牛肉面馆,便有一股异香扑鼻。我虽不算是道地吃货,也能辨识好的食物之香乃浑然天成,不含杂味,那种味道如爱情反应具有化学元素,它会紧紧地勾住全部感官,令人神魂颠倒。端上来,是一大暗绿粗瓷碗。里面无非牛肉面而已,并无什么新鲜的,只是牛肉及配料量足,色正,味香。

没敢先喝汤,太烫。第一口面,柔而韧,热香从舌根往下落到胃里,慢慢漾开,心里先暖了。再来一小口汤。着嘴,暖流愈烈,蔓延周身。汤的颜色如玫瑰金,质地如厚重的丝绸,似有沙茶与番茄的香味,上面漂着几滴金黄的油珠、几片碧绿的青蒜叶和鲜红的辣椒丝，几口下去，后颈已经在细细地冒汗。这才吃肉。

看着那巨大的肉块我本有些恐惧，因为按照以往的条件反射，这必是一块难嚼的上不去下不来、咽又不是吐又不好的粗纤维。试探着咬了一小口，竟是奇鲜奇嫩，Q度奇佳！

这才敢大口地吃！这真是货真价实的黄牛肉，每一块皆带筋，半筋半肉，牛筋是半透明的，口感弹牙，一口咬下去，里面似有鲜香的汁液潋滟，饱饱地满足着味蕾。配料似乎并不多，原汁原味，那一种纯正浓郁的牛肉香，能把人的每个毛孔都渗透。一阵大吃之后，抬起头，迎着在座诸友同样惊喜的目光，大家心照不宣地一笑，吃几筷子爽口的小菜，又再次把头埋下去。

据说在台湾牛肉面馆众多，红烧、清炖、西红柿、沙茶……把小小的牛肉面变成了文化。又据说，马英九在做台北市市长时，为搞观光旅游，曾经举办过台北牛肉面节，还打出“世界牛肉面之都在台北”的口号，搞得连外国的牛肉面师傅都跑到台湾打擂比武……这算不算是一个绝妙的“文化创意产业”呢？

吃到尾声，慢慢吮汤，似是享受的时候了，所有的困乏所有的冷，都化了，从心里往外舒坦……或许，牛肉面的秘密在那醇香的汤里？所以有人说，汤是牛肉面的灵魂。我倒觉得，台湾牛肉面的灵魂，就在于它的真实、它的货真价实。在一个代用品的时代，在一个高仿真的时代，在一个赝品比真品还像真品的时代，所有的货真价实都让我惊艳。

哪怕是小小的一碗牛肉面。